Deseo y pasión desenfrenada de una muerte inesperada

Deseo y pasión desenfrenada de una muerte inesperada

Ricardo Rosales Torres

ola
PUBLISHING
INTERNACIONAL

Hola Publishing Internacional
Eugenio Sue 79, int. 4, Col. Polanco
Miguel Hidalgo, C.P. 11550
Ciudad de México, México

Primera edición, Abril 2024
ISBN: 978-1-63765-603-7

La información contenida en este libro es estrictamente para propósitos informativos. A menos que se indique otra situación, todos los nombres, personajes, negocios, lugares, eventos e incidentes en este libro son producto de la imaginación del autor o usados de manera ficticia. Cualquier parecido con personas reales, vivas o muertas, o eventos actuales, es pura coincidencia.

Hola Publishing Internacional es una empresa de autopublicación que publica ficción y no ficción para adultos, literatura infantil, autoayuda, espiritual y libros religiosos. Continuamente nos esmeramos para ayudar a que los autores alcancen sus metas de publicación y proveer muchos servicios distintos que los ayuden a lograrlo. No publicamos libros que sean considerados política, religiosa o socialmente irrespetuosos, o libros que sean sexualmente provocativos, incluyendo erótica. Hola se reserva el derecho de rechazar la publicación de cualquier manuscrito si se considera que no se alinea con nuestros principios. ¿Tiene una idea para un libro que quisiera que consideremos para publicación? Por favor visite www.holapublishing.com para más información.

El cadáver embalsamado de aquel joven poeta de veinticuatro años anunciaba la tristeza y el llanto por la no correspondencia de su gran amor, Rosario. Su cuerpo, ahora, por su rigor post mortem, estaba firme y sin los movimientos explosivos que caracterizaron irremediablemente en vida a este literato. El cuerpo pálido, más delgado que cuando vivía, no dejaba de llorar. La sorpresa para propios y extraños no dejaba duda del gran sufrimiento y llanto que le dejó la pérdida de un amor porque sus párpados no dejaban de expulsar lágrimas.

¿Qué amor puede ser en su pérdida que prenderse del sentimiento suicida? No querer vivir más por tanto dolor en el pecho, por vivir sin esperanza de vivir con el ser amado. Muerte por amor, muerte sin amor. Amor solo. Solo con amor murió Manuel Acuña.

Adiós, Acuña, tu Rosario vivirá para siempre en ti. Lograste lo que nunca en vida. Ella te tendrá por siempre en su memoria. Adiós, poeta.

Se leía en un diario la mañana del 6 de diciembre de 1873, en la Ciudad de México.

ÍNDICE

Últimas palabras 11

Inicio del final 14

La voz de Arcángel 23

6 de septiembre 36

Encuentro con Arcángel 42

13 septiembre 1873 59

17 de noviembre de 1873 67

La revelación 77

El deceso inesperado 100

El Nocturno... 117

Laura Cuenca, la aparición 121

La inmensurable belleza de Laura 124

El presagio 127

La venganza   137

El principio del fin   141

El presagio de la muerte   162

Muerte cercana   194

Acecha la muerte   197

Se gesta la muerte   199

La muerte está declarada   215

La verdad oculta   216

Nocturno a Rosario   219

ÚLTIMAS PALABRAS

Amigo, acércate, quiero que decirte algo. Toma.

Siento el sabor de la almendra, de la muerte líquida, cianuro. Escucho las voces en un eco voraz e incesante, el veneno ya debilita los últimos resquicios de mis sentidos que insuficientemente reaccionan. Mi mente todavía, al parecer, se resiste a sucumbir; mis músculos ya no se manifiestan, es como querer tomar con infinita suavidad al viento, impredecible y violento, ligero y a ratos quieto. Es viajar apacible en un torbellino.

Siento calidez en momentos que me imposibilitan moverme, aunque quisiera hacerlo. ¿Qué debo descubrir?, ¿cómo llegó a mi cuerpo tan fuerte veneno? El dolor levemente se siente, *qué muerte tan suave*, sólo en mis entrañas algo se aviva; soportarlo puedo, por supuesto. Mi cuerpo, percibo que vuelca en ese viento como si el tiempo jugara con esa piltrafa y con mis recuerdos. ¡Ah sí!, ¡mis recuerdos!, dicho popular que acompaña la historia del moribundo que elige vivir su vida en su mente, agonizante, en sólo instantes.

No, me vienen recuerdos, sólo espero que mi cerebro se detenga como lo ha hecho ya mi cuerpo. ¿Debo aprovechar para recordar mi vida? ¡Ah qué calamidad! ¿Qué debo recordar? Mi niñez, o mi adolescencia, o la primera experiencia carnal y ese hermoso placer del orgasmo… o quizá, *¿quién me ha dado este veneno?* ¡Un momento! ¿Yo mismo lo he hecho? Eso sería difícil, ¿y mi viaje?, ¿y mis planes?

Estoy sintiéndome sumamente ligero. Quizá esté ya muerto y estoy en el limbo, esperando el juicio del Creador. ¡Por fin lo conoceré! Pero todavía escucho voces y creo que están a mi rededor, ¡eh, todavía no muero! ¡Aguarden! Tengo que decir… cosas. Estoy tratando de recordar. Creo… parece… que me estoy yendo.

Je suis en train de se souvenir et trouve que ça fait que je suis en voyage.

En ese instante abrió su mano y me dio una hoja de papel con una escritura un poco enredada, como si hubiera sido hecha muy rápido. ¡Su mirada se apagó en mi rostro! ¡El cuerpo inerte lo había abandonado!

La nota que estaba en su mano decía:

<Te espero en mi cuarto de la universidad mañana por la mañana. Es vital que estés porque te haré una confesión que nadie debe saber. Manuel Acuña>

La fecha: 5 de diciembre de 1873.

Entendí que ese mismo mensaje lo recibieron Rosario, Laura, Prieto, Juan de Dios, Agustín y no sé quién más. Todo estaba planeado. Alguien estaba confabulando en su contra. No era su letra.

Inicio del final

Lo anterior es el final del inicio de mi relato sobre una historia que llegó a impactar, quizá no tanto por la grandeza de quién fue, sino por todo el drama que se tejió en torno a la muerte de Manuel Acuña. Así fue. Todo se centró en una muerte, mas no en una vida que fabricó y vivió un joven poeta de provincia. No sólo fue Rosario de la Peña, esa es la respuesta más simple cuando no se quiere contar una historia verdadera.

Nadie se atrevió a ver más allá del rotundo y triste final. Injusto resultó también el juicio que se le dio a una dama que, hasta su muerte, llevó el estigma de ser responsable de una corta vida: la muerte de un joven prometedor, eso fue más impactante que el mundo que giró en su entorno. Quizá quien giró vertiginosamente en ese mundo tuvo su grado de culpabilidad. El suicidio, u homicidio, no es responsabilidad sólo de quien lo comete, la culpa es de todo un contexto y de los roles de quien participan activamente con el desafortunado. Esta historia la recojo en condiciones de lo inverosímil, ¡de no creer!, a momentos, hasta en mí mismo.

En fin, va mi relato como omnisciente y en otras como relator. Es rebelión contra las formas, pero intenso en el relato, mismo que comienzo como si de preámbulo me despojara. Como escritor, algunas veces escribiente, soy un caminante de las letras —muertas quizá— porque no hay quien se detenga en ellas. Soy trazo ufano de pintor en menoscabo. Soy escritor, por lo tanto, diáfano en mi figura por inanición vehemente. Mi éxito se ciñe al placer embustero y personal de la obra terminada. Sólo eso.

Después de aludirme y de enterarme lo que ya se me olvida a veces —que escribo—, tengo que decir, callado, lo que he encontrado. En la búsqueda de encontrar historias, sin encontrar todavía la mía, me vi frente a una verdadera joya de tiempos pasados, pero de universalidad atemporal. Tengo para relatar una historia que por ser eso no hay certeza en su haber. Pero a juicio de tiempos actuales, más desinhibidos, casquivanos, y casi puedo decir que disolutos, podemos ser pretenciosos y maliciosos para determinar lo que pasó en tiempos añejos con un grado de incertidumbre y con dudosa fábula. A tal grado de crear una leyenda.

Así como la ciencia avanza y lo que hoy nos resulta tan cotidiano y de conocimiento popular sobre tal o cual fenómeno o padecimiento, en tiempos pasados era toda una incomprensión y enigma, ayer la gente moría de pronto sin saber por qué; ahora, por ejemplo, sabemos que la hipertensión es la muerte silenciosa y conocemos qué la puede provocar y cómo evitarla. Así, en las leyendas urbanas, lo que en una sociedad de antaño, era oculto, dudoso y hasta pecaminoso, hoy es cosa de la cotidianidad. Eso da la posibilidad a la misma sociedad de inferir las posibles causas de les hechos que, en su momento, no se imaginaban o no se podía ni pensar y mucho menos decir. En tiempos pasados ni considerar que un hombre se declarara...

diferente, digamos. Ahora llega a ser un acto de valentía y virtuosismo con matices de heroísmo el reconocerlo ante millones de personas. Sin afán de prejuicio, en el ayer un acto heroico era morir por la patria; ahora… en fin.

Después de esas cavilaciones ingenuas y provocativas, además de la libertad que tengo de expresarme, emplearé mis decires en esta historia que a continuación relataré. Inmediatez es lo que propongo a mis maquinaciones y raudo me confabulo con el espacio en atrayente especulación, misma que es tiempo y espacio, turno, legado y olvido.

Sentado en una banca de la alameda de la Ciudad de México, tomándome un descanso de tanta gente, escribía sobre cómo habría sido este parque en el último tercio del siglo XIX e inicios del XX. Me lo imaginaba alumbrado con esas farolas que seguro trajeron de Francia, como era la costumbre; despilfarro desde entonces. Sin embargo, para una pintura sería hermoso el paisaje. *Reconocer que, en la banalidad de lo opulento, la belleza encuentra también en el arte el acomodo.*

Al reflexionar sobre lo que mi vista escudriña, en mi ser y en mis ideales no dejo de sentir algo de vergüenza al ver la majestuosidad del Palacio de las Bellas Artes. Belleza arquitectónica que representa el complejo aristocrático de una sociedad fragmentada e indolente, despilfarrando la belleza a cambio de lo miserable de la vida campesina.

Caminar por el centro histórico de la ciudad es evocar a un pasado glorioso, de arquitectura emblemática cargada de arte y miedo, de opulencia y sangre, de soberbia y llanto, orgullo y pena. Riqueza y nada. Sufrimiento y llanto se ciñen a la arquitectura caprichosa. *Dictadura. De verdad es poco el llanto y tan grande el olvido cuando de ufanarse se hinche un pasado perverso. ¡Basta!*

Después de tener estos encuentros con la belleza versus la moral —también de prontas vacilaciones éticas—, me di cuenta de que un joven de aspecto desaliñado por el descuido y no por elección, me observaba. No me infundía sensación de miedo, porque además había mucha gente y a unos metros de mí, apostados en espera de una orden, cinco policías antimotines. Dinero… já, sería bueno que me lo dejara, así que no me preocupaba un asalto.

Pensé en un momento en el acoso, pero diablos, hasta ellos no creo que pudieran fijarse en mi cuerpo escuálido y transparente. Dejé un momento de preocuparme por ese joven. En instantes de reojo lo miraba sólo para asegurar la distancia que había entre su circunspección y mi incertidumbre.

Al seguir con mi escritura, tratando de describir el sonido de un carruaje sobre el empedrado de las calles, aquellos cascos de los caballos, indiscreción relajante del andar de esos bellos animales, perdido en el ambiente trastocado por la imaginación, no di cuenta que aquel joven desaliñado lo tenía ya sentado como compañero de banca. Pensé en levantarme, pero no me sentí incomodo en realidad, todo lo contrario, al fin, buscador de cosas, me atrajo la curiosidad de su actitud hacia mí. Aunque me percaté que el interés no era hacia mi persona, sino hacia lo que escribía.

Cerré la libreta después de hacer algunas anotaciones que me servirían, como referencia, para cuando llegara a la máquina —ya no de escribir, a la computadora— para desarrollar sin parar lo que había anotado en el día. Al no tener nada que atrajera la atención a este joven —un poco raro— de mi libreta cerrada y poco presentable, por fin se atrevió a hablarme.

—Qué tal, hace un poco de calor, ¿verdad?

—Pues en realidad —volteando yo al firmamento—, está algo nublado y hace también mucho fresco. Pero quizá yo soy el que tengo frío, ja, ja.

—No, tienes razón. Yo no soy nada friolento.

Se hizo un silencio y yo lo miré de reojo. Me observaba por instantes, luego desviaba la mirada hacia ningún lugar en específico. Así, era intermitente su interés en mi reacción. Decidí entonces terminar con ello porque ya sentía el aire más fresco y estaba algo molesto por la banca dura y fría.

—¿Disculpa, estás bien? Veo que estas un poco… inquieto… o preocupado. ¿Te sucede algo? Mira, dinero no tengo, apenas y tuve para comprarme un refresco y un gansito, no tengo más.

—¡Ah! ¡no estoy pidiendo nada! ¡Cómo crees! Sólo que... ¿te puedo hacer una pregunta?

—Mmm, claro. Dime

¿Eres periodista?

—No, escribo solamente.

—Ah, pero, ¿qué escribes?

—Ja, ja, esa es muy buena. Ni yo sé que es lo que escribo —vi su cara de confusión—. En realidad sí sé, lo que pasa es que no he podido, cómo te explico. Me encanta y me apasiona escribir relatos, novelas. Aunque frecuentemente yo mismo me cuestiono. ¿Por qué la pregunta?

—Cierto, ja, ja, pero qué raro, ¿verdad?

—Sí, soy muy raro.

Por fin le saqué una sonrisa.

—No lo decía por ti, sino de que no sabes por qué escribes.

—Me apasiona escribir —aseguré.

—En lo personal me parece interesante —comentó por amabilidad.

—Mmm, ya hablé mucho, y reconozco que a pocos les interesa el mundo de la literatura. Y la escritura suele convertirse en un ideal. Los ideales dudan cuando el hambre aprieta. Conozco un amigo de aquellos ayeres que siempre fue socialista hasta que le dieron un buen puesto, ahora es de la derecha. Y el lado contrario: siempre vi a un vecino defender con ahínco la ultra derecha y el neoliberalismo hasta que lo despidieron y no encontraba trabajo, entonces se pasó a lado de las protestas a defender los derechos sociales, la marginación y la falta de oportunidades. ¡Ah, y usa pañoletas rojas! ¿Qué pasara cuando el primero pierda el empleo y el segundo lo recupere? Ja.

—Te entiendo cuando hablas y hablas y las personas no ponen atención en lo que dices, no les interesa lo que piensas o lo que te gusta. Siguen pensando en sus cosas egoístamente y cuando algo les viene a la mente te interrumpen para que entonces sí los escuches, de cosas que no tienen relación a lo que tú les platicabas.

—Eso es, suele suceder a menudo. Como ahorita tú. Ja, ja. No me hagas caso, bromeo. Pero dime, sin antes disculparme por ser grosero y, ya que estamos en confianza, ¿qué es lo que te sucede? Te vi muy inquieto hace unos momentos.

—Lo sé. Te pido… ¿no verdad? Te ofrezco una disculpa si te hice sentir incómodo. No soy un ladrón y mucho menos acosador. ¿Tú sabes?

—Ja, ja, sí, entiendo.

—Ya que vi tu apasionamiento te voy a explicar por qué me llamó la atención lo que hacías.

—De acuerdo, pero dime tu nombre.

—¡Ah!, claro. Mi nombre es Arcángel. Ja, ja, no te asombres, así quiso mi madre, en paz descanse, que me llamaran. Como los ángeles o esas cosas.

—Ja, ja. Perdón, no me reí de tu nombre, el cual me parece no muy común. Me reí por la coincidencia. Yo me llamo Samuel, ja, ja. Precisamente como uno de los arcángeles. Muy bien, Arcángel, mucho gusto, soy Samuel, escritor frustrado, amigo y hago chambitas de electricidad y plomería para comer, ¡ah!, también doy clases de guitarra por si te interesa. Ja, ja. Como te darás cuenta, el hambre, y demasiadas ilusiones, te hacen un hombre mediocremente feliz y frustrado. Já

—¡Pero es bueno tener ilusiones!

—Tantas no creo. Muchas ilusiones son logros insatisfechos.

Arcángel comenzó a relatarme una experiencia que, a decir verdad, es poco creíble, pero que sin embargo tampoco puedo desmentir por la revelación que me hizo y me mostró. Si fuera creyente de estas cosas metafísicas y abstractas, estaría seguro que en verdad es un arcángel y que vino para salvarme de la inanición y la oscuridad.

Dejando lo mítico como un hecho más o menos real, es hermoso y sumamente revelador. Arcángel comenzó a regalarme su experiencia desde su propia vida y sufrimiento.

Tengo que aclarar que el relato es de él, de Arcángel, de viva voz. No quiero desprenderme de moral alguna y aprovecharme de una historia que ha llegado a mis manos pero que por desdicha no es mía. Tengo que, también, ser justo en el porvenir o fracaso de la misma, y comentar que las letras son mías. Letras brotadas con vehemencia, ansia y en momentos con poca dicción y limitado vocabulario para interpretar las palabras de Arcángel. Por ello, sin mediar juicio de valor más que mi alucinación por la escritura y buena redacción, explico con la música en mis letras lo que ha llegado a mi sentir.

LA VOZ DE ARCÁNGEL

—Estaba yo sentado allá —me señala Arcángel las jardineras que están antes de la entrada principal del Palacio de Bellas Artes—, viendo gente y más gente pasar y pasar.

Cada quien su vida y con ella, pensé yo.

—Me senté en este lugar que tantas veces vi desde muy niño. Tengo los años que tengo, y nunca he entrado a uno de los monumentos más representativos de esta ciudad, al Palacio de Minería, al Palacio de Gobierno, ni siquiera he explorado la Catedral. No por creyente, siquiera por curiosidad.

"Pero qué importancia tiene ya, tampoco he ido a la torre Eiffel, ja, ja. No sé por qué me senté ahí, en la explanada del frente del edificio tan emblemático.

"Era una mañana fría y con sol, veía cómo pasaban frente de mí pies y más pies. El suelo era más atractivo que el cielo, es la distancia de la fe y la amargura".

—Un día alguien me preguntó cuál es la diferencia que hay entre la esperanza y el vacío, contesté que esa, la distancia que existe entre el suelo y el cielo —lo interrumpí un segundo y continuó:

—Sentado en esta jardinera sentí el viento fresco acompañado del ruido de un mundo de autos y de gente con una tarea a cuestas. También deambulaba por ahí algún ocioso que camina sin rumbo, turistas sin prisa y estudiantes que toman fotos para seguramente deberes de la materia. Veía cómo los árboles de la alameda se mecían, como ahora, con el viento andante entre nubes escasas y apresuradas.

—¡Qué poeta! —le interrumpí con envidia, *ja*.

—Me preguntaba, ¿qué sería de esto sin tanto vehículo y sin tanto claxon sonando impaciente e irremediablemente estúpido y estéril? Me venían a la mente aquellas fotografías viejas, o pinturas que retrataban el México de antaño y que vi en algún café antiguo de por esta zona. Eran parte de su decoración, como para reivindicar su antigüedad.

"Los hombres, todos con sombrero; los más elegantes con unos de copa más alta. Las mujeres todas del brazo de un caballero. Qué tranquilo y romántico debió ser con el sonido de los cascos de los caballos sobre el empedrado. Qué buena imagen era esa.

"Cuando salí de ese letargo y de mi mundo imaginario, angustiosamente volví a la realidad del mundo de la tecnología, tanta y tan útil que no hay ninguna que me quite este pesar. Por qué no es posible ahora, con tanto avance, que con solo un microchip te pudieran quitar los sufrimientos y los recuerdos amargos y punzantes. En eso estaba cuando interrumpieron mis locuras y mis deseos de terminar con mi sufrimiento. Lo que enseguida te voy a contar no sé cómo lo vayas a tomar, pero eso me sucedió. Tú, que eres escritor, te darás cuenta que no pudiera yo inventar tanta cosa en tan poco tiempo y de un hecho que yo desconocía por mi ignorancia, pero que sucedió y está ahí registrado en la historia. Cuando menos una parte —calló un instante mirando al suelo y continuó—. Te decía, mi amigo Samuel, estaba yo pensativo cuando escuché una voz:

"—Qué triste, ¿verdad?, ver tanta gente y sentir el alma desolada. Pareciese que fueran fantasmas y que estás solo en este mundo. ¿No es así, mi estimado amigo? Dónde piensas que vas cuando la pena está en cada poro de tu cuerpo y tu dolor lo transpiras como fuente inagotable de tormento. ¡Ah!, el espíritu se enjuga en la tristeza y te hace ser un individuo ido de la vida, ido del amor, ido de... cualquier cosa. Cuando el espíritu calla, el alma llora. Sí, sé qué es eso, ¿y tú? ¿Lo sabes acaso? ¿*Connaissez vous peut-être?*

"—Disculpe, ¿quién es usted?

"—¡Yo! Yo no sé quién soy todavía, es una buena pregunta, ja, ja. Eso quisiera saber, quién soy. Pero heme aquí, sé que ando por ahí, con un rumbo quizá, pero después de algunos pasos cambio como brújula en altamar. Vago con repentinos saltos de emoción y me sosiego cuando tengo que hallar lo que he querido hacer. Entonces vuelvo conmigo y, nuevamente entonces, hago lo que he debido hacer.

"—¡No entiendo!

"—¡Se lo he dicho ya! Que ni yo sé quién soy y frecuentemente no entiendo lo que digo. Aunque, pensándolo bien, el decir ya es mucho, porque cuando se sufre poco se tiene que decir y sí, mucho que sentir y, más aún, bastante que plasmar. ¿Cuál es su nombre, mi querido amigo?

"—Me llamo Arcángel.

"—¿Arcángel? Peculiar su nombre, pero muy ad hoc.

"—¿Por qué dice eso?

"—Todavía no lo sé, pero es de presentir en mi muy triste penar. ¡Mucho gusto, Arcángel! ¿Me permite que me presente? Yo soy Manuel, Manuel Acuña de Coahuila, avecindado aquí, en la capital. Soy su humilde servidor y amigo también.

"—¿Manuel… Acuña? El nombre me resulta conocido, sí. ¿Es el nombre de alguna calle? —qué ignorancia la mía, en ese momento no sabía quién era él.

"—Sí, por supuesto, ya me lo han dicho. ¿Y sabe usted por qué tiene ese nombre esa mentada calle, mi señor?

"—Pues…no, para qué le miento, no recuerdo dónde exactamente la vi. Me suena, pero no lo recuerdo.

"—Qué caray, pues así me llamo. Ja, ja.

"—¿Por qué me haces o me hace esas preguntas? Perdón, pero no sé cómo hablarle, eres muy formal. ¿Te hablo de 'tu' o de 'usted'?

"—Mm… normalmente es de usted, guardando el respeto y la distancia que dicta la buena costumbre, señor mío. Pero no importa, ya he conocido estos rumbos de Dios y sé que ahora se ha perdido esa formalidad y… perdón, iba a decir falta de respeto, pero no, ahora creo que es muy común ese lenguaje tan libertino. Mi estimado, Arcángel, puede usted llamarme por mi nombre si así lo prefiere.

"—Eso está bien, y tú también lo puedes hacer. Así no me sentiré más raro de cómo me siento ahora. ¿Te puedo hacer una pregunta?

"—Por supuesto que sí.

"—¿Por qué vistes así? ¿Eres de los que hacen espectáculo aquí en la Alameda?, ¿como esas estatuas vivientes? ¿O están por ahí filmando una película de época?

"—¿Película? Eh, ¡no, claro que no! Es mi ropa de calle, está un poco polvosa, pero es ropa del diario. Ja, ja, gracias por hacerme reír un poco. No entiendo ese cuestionamiento sobre el espectáculo, ya me explicará más adelante, se lo ruego. Por ahora eso es insignificante. Pero dígame usted, Arcángel-

"—¡Qué paso! ¡En qué quedamos de hablarnos de tu! Eres raro.

"—¡Por lo pronto déjeme que yo me dirija hacia y para con usted de esta forma! No me tome a grosería, se lo pido, y tenga un poco de paciencia. Es sólo el acostumbrarme, y si su persona tiene a bien, y más adelante me da la venia para ser su amigo, entonces no tendré ningún inconveniente en ser más familiar y coloquial. Desde luego en mi lenguaje, por primera instancia. Por otra parte, quisiera rogarle infinitamente que evite utilizar esa palabra de "raro" cuando se dirija hacia mi persona. Siempre he sufrido por ese adjetivo tan infame y lleno en muchas ocasiones de mala intención.

"—Disculpa, fue un decir. Es que hablas tan… peculiar que pareces de otro lugar o de otra época, y de verdad no creí que eso te ofendiera. No es ninguna grosería, solo que eres *diferente*.

"—Sí, lo siento, ya le he de contar del motivo de mi exaltación.

"—¿Qué dices? ¿Qué me has de contar? Mira, agradezco la compañía y la plática, pero de verdad no quiero estar con nadie y prefiero estar solo.

"—Entiendo que lo desee, pero créame, yo también me he sentido devastado y con una profunda soledad. Sobre todo del alma, esa es la que carcome y que te hace rumiar con lo trágico, hasta con la muerte.

"—¿Entonces por qué me hablaste? Manuel, ¿verdad?

"—Así es. Acuña. Porque estás en mi banca. No te asombres, te explico: mi querido Arcángel, aquí en este mismo lugar estaba aquella mi banca, mi lugar preferido para venir a leer y cavilar con asidua frecuencia. Aquí yo planeé el último suspiro, el último lamento, pero sólo fue un pensamiento fugaz, nunca pensé hacerlo en realidad. Creí irme a mi pueblo y regresar después. Fue aquí, lo demás fue decisión y mala fortuna. Así es, mi estimado amigo. Pero mire usted, gentil caballero, mi objetivo no es preocuparlo de más, sé que también tiene de qué lamentarse y que arreglar sus innumerables asuntos. Sin embargo, para que me pudiese usted entender, me complacería mucho que, con toda gentileza, me acompañase a dar un pequeño viaje. Claro, si no le es incomoda y poco ortodoxa, y hasta vulgar diría yo, la invitación. Pero como podrá usted ver, no cuento con tinta ni papel para extenderle en una misiva dicha ronda.

"—Ja, ja, das mucha vuelta para decirme que si vamos por ahí a dar un rol. Pero no puedo, tengo que hacer... algo.

"—Sí, ya sé lo que tiene en mente, amigo mío. Este momento lo he esperado vagando por ahí, siendo parte de la nada y sintiendo el mismo dolor de siempre.

"—¡Así me siento yo!

"—Calma, lo sé. En mi derrotero por el plano medio he probado sólo el limbo de la creación y de la suspensión del alma eterna. Suave y con descanso final. Me ha sido inútil comprender por qué el Creador tiene mil formas de castigar, pero también de abrir el camino para el perdón y la sanación de tu alma. Esa alma corrompida por la injuria, por las bajas pasiones, por la incertidumbre y por la soledad.

"—Sé de lo que me hablas, yo he perdido todo.

"—¡No es cierto, te tienes a ti mismo!

"—Ja, ja. ¡Yo soy nada! ¡No tengo ya nada de mí! Todo se ha ido.

"—Mi querido amigo, Arcángel, si ya dice que se ha perdido hasta usted mismo, entonces nada tiene que perder. Acompáñeme a este pequeño viaje. Después de eso desaparezco de su vida. Le doy mi palabra que no tiene nada, pero vale mi vida. O sería mejor que dijese, ante estas circunstancias, que vale más que mi ser.

"—Mmm… de acuerdo, Manuel. ¿A dónde vamos?

"—Descuide, Arcángel, sólo observe y ya habrá usted viajado. Prometo que lo notará.

"En ese momento todo me empezó a dar vueltas, me sentí como cayendo en un pozo interminable. Las imágenes eran muchas y pasaban tan rápido mientras caía. Eran imágenes que no entendía, algunas de ellas las medio reconocía por las fotos de los libros de historia. Otras ni idea, pero la luz de la entrada al pozo cada vez era más y más pequeña.

"Sentí de pronto mucho miedo, pensé que algo ya había hecho, que seguro me estaba yendo al infierno. Sentí mucha angustia y desolación que quería detenerme de algo. Pero todo era inútil, trataba de agarrarme de esas mismas imágenes que, así como aparecían, se esfumaban. Pero como todo, llegó el fin de la caída".

—Ey, ¿qué pasó aquí? ¿Dónde están los autos, la gente, donde…?

—Calma un momento, amigo Arcángel, usted es mi invitado. Este es mi mundo, mi época, mi tiempo en cuerpo y de mi alma trascendente.

—¿Cómo que a tu época? ¿Acaso ya morí o qué? No me digas que tú eres la huesuda. La muerte.

—Ja, ja, ja. ¡No, hombre de Dios! Es cierto que mi aspecto no puede ser muy diferente a la personificación de la muerte. Pero caray, ¿qué tan mal de verdad me veo?

—Pues, sí. Estás muy pálido, delgado. Mejor dicho, flaco, y con esos cabellos que parece que te acabas de despertar.

—Ah, ¡pero qué me dices!, si en tu época, amigo Arcángel, osan despeinarse para salir peinados.

—Si es cierto, pero hasta para "despeinarse", como dices tú, se debe uno de peinar. El peinado es "despeinado", ¡y tú no pareces ni eso! ¡Andas como si las almohadas anduvieran pegadas a ti!

—Sí, mi aspecto ha sido objeto de comentarios malévolos, pero tampoco es tan diferente de algunos amigos que yo conozco. Precisamente, hablando de amigos, conocerás a algunos de ellos.

—Pero aún no me has dicho el motivo de esto que no entiendo todavía muy bien.

—No te preocupes, te mostraré una insignificancia, pero no por ello menos importante, de lo que fue mi vida, sobre todo en los últimos días de mi tragedia. Algunos dijeron por ahí, "la trágica muerte de Manuel Acuña". ¡Ilusos, mi muerte no es trágica, mi vida lo fue y en locura basta! Ja, la tragedia no está en la muerte, sino en la vida. Ella misma es disipada, perversa y disoluta, no hay otro camino que el morir. Muerte en vida, es la peor, o muerte física.

"El alma, já, esa ni con la muerte renuncia. No renuncia a dejar tu ser, aquel que dejó algo muy tuyo en esta vida.

En tu obra, en tus hechos, en tus quehaceres, en tu mal paso, en tu tristeza, hasta en tu inocuidad. La muerte es una renuncia, no a la vida sino al apego.

"En mi vida quise en instantes embeberme de amor y pasión. Quise amar demasiado sin saber cómo. Cuando sientes que alguien en verdad te ama es cuando descubres que también amas. Entonces, si no te amaron, no sabrás nunca a quien amaste. Porque el amor es ingenuo, sí, egoísta, sigiloso y, por consiguiente, proporcional; cuando dices que estás enamorado es porque tienes la certeza de que también te aman, esa es la proporcionalidad del amor. Cuando dices que estás enamorado y la otra parte no siente lo mismo por ti es que ahí sólo hay gusto por la cercanía, la pasión y hasta por lo insano, en ese caso no hay amor. El amor es un espacio porque necesita lugar y tiempo: es completo o no hay nada. Sólo autoengaño y orgullo. El amor se suele medir por tiempo y no por metros. Cuando se ama, no se muestra a cualquiera y menos a quien no te ama, para quien no te ama estará siempre presente y desembocaras la irracionalidad de únicamente enjugar tu vientre en la humedad cálida de un cuerpo. Cuando no te aman, tarde que temprano el supuesto amor se vence por convicción o por revancha de los instintos naturales e insensatos como el deseo y la pasión desenfrenada. Y sabe, mi amigo, no sé qué es peor o que es mejor.

"El amor te conduce al desprendimiento hasta de ti mismo; mientras, la pasión a la locura y a la posesión obcecada. ¿Yo qué logré? Todo indica que no sólo sequé hasta la última gota de lágrimas. *Pas l'amour, orgasme juste"*.

—Pero cómo, ¿entonces no estabas enamorado, mi amigo extraño?

—Sí, eso creí, todo lo que comenté es porque ahora, en este limbo, lo descubrí. Lo sé, pero en vida aseguré estar enamorado y esa condición es la más peligrosa, creer que estás enamorado, porque, cuando te lastiman, te duele más la dignidad que la separación.

—¡Dios, entonces sí estoy muerto! ¡Debió haber sido muy rápida mi muerte que ni cuenta me di! ¿Estamos en verdad en tu tiempo? Perdón por interrumpirte, pero estoy cayendo en cuenta, ¿en qué época estamos? Claro, no exactamente los años, pero sí como en esos cuadros de pinturas viejas.

—Mi estimado, no está muerto. Aún. Sé lo que está viviendo, es difícil de entender, ni yo mismo lo entiendo bien a bien, el alma me hace actuar. Quizá me equivoque, quizá no. Pero lo que sí sé es que, al deambular por un universo irreconocible, tan apacible, te absorbe la tristeza. En ese universo se ha presentado la oportunidad de encontrarle y que me viera y me oyera como ahora, eso para mí es una señal. También sé que no puedo remediar los hechos ni componer lo que Dios ha dictado, pero, en el actuar de mi vida, hasta la muerte he venido para componer mi camino oscuro y dirigirme por la luz embriagadora de esperanza.

—Está bien, creo en lo que me dices y esperaré hasta que me regreses a mi vida, o lo que era mi miserable vida.

—Primero, mi querido Arcángel, ¿qué es lo que ves?

—¡Es asombroso! ¡Es lo que estaba pensando hace unos instantes! Parece que tomaron vida esos cuadros que están en los libros y muestran una época mucho antes de la revolución.

—¡Revolución! Sí, desgraciadamente tuve que ver todo ello sin poder hacer nada. Pero eso ya lo hablaremos. ¡*Révolution!*

6 DE SEPTIEMBRE

—Hoy es 6 de septiembre de 1873, amigo Arcángel.

—¡Dios!

—Así es. En tres meses mi vida se fue por una senda oscura de sinsabores espirituales y de recovecos de angustia indescifrable.

—Pero, ¿qué fue lo que pasó?, ¿por qué te veo nostálgico? ¿Porque eres famoso o por…?

—Eso, mi migo Arcángel, no los sé. Famoso sí lo fui. Tristemente fui más famoso por un hecho que se envolvió de misterio y hasta de una historia de amor que yo fabriqué. ¡La he fabricado en mis horas de turbulencias sentimentales y en minutos de horror! ¡Si, de horror! ¡Maldita degradación humana, mentiras y perversidad!

"Tengo que contar la historia desde mi punto de vista, querido Arcángel. Podría decir que, desde la verdad… pero ¿qué es verdad y qué es mentira? Para mí fue una gran mentira, pero para otros es la verdad; la verdad es subjetiva y efímera, desaparece con las dudas y las mentes diabólicas. Yo fui diabólico sin designio, pero sí con gozo.

"No quise afectar a nadie, por eso decidí no hacerme daño. ¡Que paradoja! Terminé, de cualquier forma, haciendo daño con una historia que se ha contado por muchos años".

—Pero, ¿qué verdad?

—¿La mía? La de Manuel Acuña. Poeta, incipiente dramaturgo, apasionado del amorío y sublime con el amor. ¡Ah, sí! "Nocturno a Rosario", poema a Rosario, Rosario "la de Acuña", se decía. Pero también Rosario la de Flores, la de Martí, la de Cuenca. Poema que fue hecho por momentos mágicos, de sentimientos clandestinos y de profundo amor al devaneo desperdiciado, poema del alma, poema de culpa, poema de instinto, poema de ilusión utópica. Oda a lo inmoral. También fue enjuague para mi alma, porque ese "yo" y lo que representó ante mí mismo me personifica, y más en mis ratos de dolor. Es como la gloria y el infierno de cuanto soy, es mi visión de las verdades a medias y también es mi jueza de las consecuencias de esas verdades. ¿Lo ves?, soy absurdo frecuentemente, yo mismo encuentro inverosímil las nombradas verdades a medias. Porque no estoy seguro si es verdadero o no, es decir, las verdades a medias son un término limbotense que no tiene categoría alguna. Pero también sé que es un enjuague del espíritu para esconder las mentiras.

—¿Entonces tu vida fue una mentira?

—¡Excelente pregunta! Y respondería que es una verdad a medias. Ja, ja, ja.

—Ja, ja, ja.

—Mejor deja que te la cuente y tú me dices qué es lo que fue mi vida. Yo me lo he preguntado mucho, pero cuando estoy en un estado confortable, si así le puedo llamar, maldigo la hora en que morí. En cambio, en momentos de sufrir mi castigo y vagar por la eternidad, me conformo con mí muerte, iba a decir mi vida. Qué absurdo, sólo vivo en una historia infame, imperecedera, y llena de falso regocijo. Ahora tú estás aquí, atestiguar es tu objetivo: ve mi vida, que no puedo cambiarla.

—¿Qué sientes al ver tu vida una y otra vez?

—Te lo he comentado ya: rencor, gusto y hasta desinterés. Siento muchas veces que fue inútil, aunque dejé un legado que he visto impreso. Pero ahí quedó, nublado ante mi mal juicio y poco valor.

—No logro comprenderte bien todavía, quizá por mi ignorancia, por no saber realmente lo que tú hiciste o viviste.

—Sí, eso sí es un drama. La ignorancia es fuente de malos juicios y actos inconscientes; el mío fue consiente, por lo tanto, fue estúpido. Cuando tú haces algo malo conscientemente, es estúpido o está lleno de maldad; cuando lo haces por ignorancia, la estupidez se vuelve una categoría misma del ser humano pobre y sin rumbo. La ignorancia te hace ser una persona involuntariamente imbécil y cruel, eres instinto amoral. Eres lo que ves y no lo que dirimes.

—¡Ya! Está bien. Me dijiste ignorante, estúpido, imbécil y no sé qué tantas cosas. Reconozco que sí lo soy porque no sé mucho de historia. Pero, por no saber de todo tampoco me puedes decir ignorante.

—Sí, de acuerdo, ignorante es el que ignora, pero no el que no sabe, porque bien lo dices, no se puede saber todo. Es más bien un adjetivo para alguien que no quiere alimentar su conocimiento y su saber de las cosas que están más allá, de su vida simple y de lo que ve y siente. Es aquella persona que no quiere saber más del mundo y de sus acuerdos, no da crédito a sus sensaciones y mucho menos pensar sin emoción, sólo existe y se mueve por instinto. Y esos instintos son engañosos.

"El conocimiento te hace ser más consiente y justo, aunque también tiene su parte diabólica. Te hace ser maquinador, manipulador y peligroso, pero tienes la oportunidad de elegir qué camino tomar. Creo yo que somos ambos: somos espíritu y somos instinto; somos buenos y somos malos también. Aquel que no pertenece a esa dualidad es conocido y reconocido por su nobleza y control de sus bajos instinto, su parte mala está controlada. Por ejemplo, el hijo de Dios, Jesús, Él no es ni bueno ni malo, sólo es el divino".

—Mira, amigo Arcángel, vemos en este recinto a mis grandes amigos y trasnochadores empedernidos. Serás testigo de su gran inspiración —comentó con beneplácito Acuña.

—¿Qué hacen aquí? —preguntó Arcángel al poeta.

—Nada y todo. Sólo nos reunimos y hablamos del tema principal: el amor y las mujeres. Por supuesto, en ese tenor, mostramos lo que la inspiración dejó caer en una hoja: la felicidad, la tristeza, la amargura, la desdicha, ¡ah!, y el regocijo de cada momento que, contradictoriamente, es un placer plasmar en esos estados de emoción.

"Dicen que los poetas somos afortunados por poder expresar en un lienzo esos sentimientos. Pero yo diría que no tan afortunados; somos quizá diferentes, pero llenos y locos de emociones que, si no las vertimos con la pluma, sufrimos como nadie. Es tal el deseo de hacerlo que el sólo hecho de no poder es clavarte una estaca en el corazón, herido de muerte ya por la impaciencia, ya por la aprensión. *L'empressement et la crainte*".

—Entiendo, Manuel, y ahora sé qué eres: o fuiste escritor o poeta en tu tiempo. Y al parecer también sabes francés. Ja, ja. Me gusta.

—Ser poeta te marca; escribir, tienes que hacerlo. Es como el padre en su angustia por el futuro de sus hijos, es algo que ya es innato y que siempre está ahí. Es como la mujer deseada, está siempre en tu mente y en tus entrañas, siempre está en tu deseo y en tus sueños. Está en cada paso y en tu *hacer*. Está en cada interrupción de tu quehacer cotidiano. Es como el pensar, es como el respirar, no puedes evadirlo. Escribir emociones es algo así. Es la vida o la muerte, es la paradoja del poeta: mueres por no escribir, y al hacerlo, la vida se te escapa.

Encuentro con Arcángel

—Así que, aunque no lo creas, Samuel, no sé lo que pasó cuando fue el momento en el que, de verdad, te lo juro por la memoria de mi madre muerta, que esto que estamos viendo ahora lo vi y lo caminé, pero en otra época.

—Bueno, no es que no te crea, pero tu comprenderás que eso que me comentas es imposible. No quisiera ser duro contigo y manchar tu integridad, pero comprende que atentas contra mi imaginación y mi estupidez. Eso va más allá de la locura. No quiero ofenderte, te decía, pero… quizá sea por tu estado de ánimo que has imaginado todo ese evento.

—¡Créeme que no! Tienes razón en molestare y pensar que estoy desesperado y bastante dañado, amigo, pero no. ¡Te juro que viví esa experiencia!, tan real como te estoy viendo a ti.

—Está bien, cálmate, no te alteres. Quiero pensar que has recurrido a mí porque vivimos utilizando nuestra imaginación y tenemos poco decoro con respecto a la realidad misma. Se hace entender que todo lo creemos, que todo convertimos en relato. No te culpo por ello, pero la imaginación también tiene su racionalidad. Sin embargo, tengo muchas dudas, te lo confieso, quizá esas dudas son las ganas que tengo de creerte y, en la condición mía, no puedo desechar todo por ser increíble. El artista de las letras deber ser un crédulo razonable de las cosas, aunque algunas veces incrédulo sea de su propia existencia. Te veo con tanta vehemencia y a la vez con desesperación que es difícil no creerte. Pero, te digo algo, camarada, ¡dame alguna prueba de lo que dices!

—¡Te he contado algo que ni siquiera yo sabía! Pero está bien, buscaré la prueba. ¡He, espera! No, mi amigo, no me vas a dejar así, ahora me sacas de dudas. Y si vas a encontrar a otro güey que te crea, pues ya lo encontraste. Aunque tenga dudas. Sólo sé razonable, dame algo más, algo que no encuentre en un libro de historia. ¡Dame algo más, Arcángel!

—Déjame pensar qué podría ser.

—Bueno, dime, ¿cómo fue que regresaste a esta época? ¡Eh!, ¿dime?

—Pues, no lo sé, sólo sé que de pronto quise regresar porque estaba como confundido por tanta información que me daba Acuña y tanta gente extraña. Aunque me sentía bien, me sentía como hace mucho no lo hacía: vivo. Me gustó mucho, las calles iluminadas con lumbreras y ese aroma de aceite quemado, pero agradable. El cielo limpio, los olores de madera al fuego para las estufas o carbón. Recordé mi niñez con mi abuela, tenía una estufa de carbón, y respiré ese olor tan peculiar, muy parecido. Claro, también el olor a estiércol de caballo y algunas callejuelas de este centro tan diferente. Lo que no pude es tomar algún alimento, no tuve apetito ahora que lo pienso.

—Pero Arcángel, si es cierto lo que dices, eres como un ente etéreo, sin cuerpo.

—Quizá sea eso, pero así cuando pensé…

—¡Claro, camarada! Cuando pensaste en…

—¡Sí! ¡Cuando pensé en regresar lo hice sin darme cuenta! Eso es.

—¡Claro! Ahora ya sabes cómo, entonces tráeme algo, una prueba de ello. Con eso calmaré con razón mi culpa por distraerme de mis planes. Me pregunto, ¿cómo vas a regresar a esa época? ¿Te dijo algo Acuña sobre eso?

—Sí, recuerdo que era ya muy noche, y más en esa época que hay muy poca luz ya desde que empieza a caer la tarde. Algo me dijo, mmm…

—Recuerda, por favor, amigo

—¡Sí, ya recuerdo! Me dijo que nos veíamos en la banca aquella donde también nosotros nos conocimos.

—Uy, hasta parecemos novios, ja, ja. Pero, ¿cuándo?

—Mañana. Seguro será a media tarde

—Seguro, entonces, mira, voy a estar cerca. Claro, escondido por ahí, y tú llegas a la hora que te citó. Obviamente, al verlo, esa será una prueba irrefutable. Al menos para mí.

—¿Y a ti quién te va a creer, Samuel?

—Ja, ja, no hace falta. La cuestión es que si buscase comprobar todo lo que escribo no sería novelista, seria científico. Si escribiera sólo lo que es razonable traicionaría a mi pasión, a mis ideas. Así que no me preocupa de todos modos. Como te decía, los científicos me van a tachar de loco porque no aporto pruebas de un hecho que científicamente es imposible. Dejémosla como de ciencia ficción, que soy un irreverente, si no lo fuera no escribiría. Me interesa dejar testimonio de lo asombroso, aunque difícil de creer sea. No me interesan los juicios sumarios.

Esperé muy impaciente en esa tarde nublada, vi a Arcángel sentado en aquella banca del infortunio: su banca, la banca de Acuña, mi banca. La banca de nosotros, la banca de la Alameda.

Esperé en la esquina frente al Palacio de Bellas Artes, a un lado de la librería. Se reflejaba mi rostro cansado en el vidrio de la misma, no por el caminar sino por el andar de la vida sin respuesta a mis sueños y a mis perversidades. Descubrí la mirada del hombre que se vence a la palabra fracaso por dejar mucho en el camino, por seguir un sueño. Esa mirada inmaculada, con terror la vi en los ojos de aquellos que, por perseguir sus sueños, a través de la justicia humana, están muertos. Y no muertos de morir, sino muertos de haberlos muerto. Esa mirada del cadáver que guarda y registra la aspiración trunca del sueño fallido, como si al expirar, aunque el cuerpo ya esté inerte, la mirada reflejé una mente apagándose en un último respiro y en un último centelleo cerebral que lanza como faro perdido en las tinieblas de la noche de un reflejo del océano fantasmal, esa fugaz y última mirada hacia lo que ve más allá de su trágica muerte. Vi esa mirada en mi cara, como ver la imagen del Che y de Zapata con su rostro sereno y sus ojos entreabiertos, no muertos, sino esperando de alguien que les diga que su muerte temprana es una muerte eterna.

Quizá mi deseo opresor de una vida normal y banal me lleva a verme como un ser despreciable ante mí mismo. Le quito quizá a mi cuerpo lo que necesita por el afán de escribir una buena obra digna de exhibirse en esos aparadores de esa librería que están más lejanos que los tres metros de distancia en los que se encuentran. Mi vida y mi hambre está a tres metros hacia adelante o tres metros hacia atrás. ¿Sigo buscando la liviandad del deber cumplido al escribir, aunque siga siendo etéreo, o doy la marcha atrás que me aleje de la sobra del sueño fugaz?

Qué tonterías y cavilaciones tan estúpidas, pero eso es lo que hago cuando me miro en el espejo, por eso temo al rasurarme: quitarme la barba no me quita la culpa. Eso es, culpa que cargo al escuchar las palabras de quien me refunde en una imagen de incesante proveedor.

Se empezaba a nublar más, el viento trajo consigo el aroma a lluvia. Arcángel seguía ahí, volteando para todos lados en la espera de aquello. *Que aparezca y que se lo lleve a su época. Caray, me oigo decir eso y me siento muy estúpido, y más tratando de ocultarme para que no me vea. No sé si estoy más loco, por hacer esta idiotez, que este muchacho desgarbado lleno de angustias y miedos,* pensaba.

La lluvia fue más directa y, sin vacilar, así como lo anunció lo cumplió; comenzó a llover, y de manera copiosa. Como silueta, en medio de tanta lluvia, lo oscuro que se tornó por los nubarrones y la bruma formándose por el vapor expedido por el pavimento caliente, logré apenas ver a Arcángel que, inquieto por el chubasco que lo empapaba, no se movió de aquella banca. Yo me guarecí en las escaleras de la entrada de la librería, de pronto se hizo un tumulto por la gente que huía despavorida por la tormenta, aquella que me estaba dificultando cada vez más lograr ver la silueta de Arcángel que, estoico, soportaba ahí, solo, sentado en la banca.

La lluvia arreció como si hubiera un complot con el destino, ya casi no veía la chaqueta amarilla que llevaba el joven desquiciado aquel. Sin pensar, y tratando de enfocar bien a Arcángel, sin darme cuenta me bajé de las escaleras y caminé tratando de acercarme más al punto donde pudiera verlo, pero ya no lo vi. Busqué y, como si nadara, manoteé en el aire como tratando de hacer a un lado una cortina de lluvia que me impedía la visibilidad. Ya no lo vi.

Solo, a media calle, un claxon tocándome y un tipo gritándome no sé qué tantas cosas. Empapado me di cuenta que había caminado hacia la banca para lograr ver.

Desapareció.

Reaccionando al claxon que me sacaba de mi letargo con la ropa totalmente empapada, corrí hacia la banca. De pronto dejó de llover, se empezó a limpiar el cielo, la gente salió de sus escondites y yo, sentado en aquella banca, solo, empapado, y la gente que me veía la cara de frustración, de idiota, de loco.

El reflejo del alma cuando se evidencia a través de lo traslucido del vidrio, el alma se fuga a través de la mirada y la tristeza, me pregunto si esa imagen de mí es mía o de un completo extraño. A veces, o con frecuencia, me siento extraño conmigo mismo. El alma no me cabe o mi cuerpo es muy reducido para los tamaños del alma. ¿Ahora cómo me siento? Creo que mi cuerpo frágil no es suficiente. Pero cuando llegue a casa, el alma resultará demasiado insignificante para mi gran cuerpo. Absorto, pensando en mi físico, cuando alguien me habló:

—¡Oiga, oiga!

—Ah, perdón. Dígame.

—¿Es de usted esta chaqueta?

Me quedé por un instante perplejo al ver la chaqueta amarilla de Arcángel. No juré porque no era necesario. Estaba completamente seguro que cuando llegué a la banca no había nada, pero nada en la banca, sólo agua y más agua. Me sorprendí y tomé la chaqueta. Al llevármela, sentí que traía algo en su bolso interior.

En el momento no quise averiguar, sólo abrí un poco la bolsa para ver en su interior. Efectivamente, lo que pensé, me dio un escalofrió: había unas hojas dobladas ahí.

Por más que quería distraerme con razonamientos lógicos y con mucha racionalidad, sabía que ese bulto de hojas dobladas era muy viejo. El color era demasiado café, como sepia, que es un síntoma de la degradación del color del papel con el tiempo. Para estar seguro e insultar a mi lógica olí esas hojas y llegó hasta lo más profundo de mi cerebro racional el olor a viejo, ha pasado, a historia y a esperanza.

Camine no sé cuánto tiempo por la Avenida Niño Perdido, como yo le sigo diciendo por la añoranza de mi infancia. La transité con mis compinches de barrio cuando íbamos de ahí para allá. Muchas veces era el punto de reunión. Recuerdo cuando el movimiento estudiantil del 68, apenas yo con 12 años y con un grupo de camaradas de la palomilla de por ahí por la Colonia Obrera de esta capital, aquella que también mencionan en una canción muy sabrosa y popular, que interpretaba el grupo musical Sonora Santanera, "…la Villa y Coyoacán, por la colonia Obrera y no te puedo hallar…". En fin, nos enteramos porque algunos de los hermanos mayores de mis amigos de imaginación y travesuras irían a una gran concentración que terminaría en la Plaza de las tres Culturas en Tlatelolco el día 2 de octubre de 1968. El motivo: una ya de tantas protestas al régimen autoritario y corrupto del gobierno de ese entonces. Como éramos menores, obviamente no podíamos ir y trasladarnos hasta allá con los hermanos grandes, así que, un grupo de chamacos de entre los nueve y los quince, como una gran aventura, decidimos ir a tal evento en Tlatelolco. Íbamos a sentirnos grandes y a mentarle la madre al gobierno, como ya lo escuchábamos en las calles y de nuestros hermanos y padres en las discusiones de pasillo, de esquina y hasta de sobremesa. Nosotros, todos unos piratas aventureros y muy callejeros, no podíamos perdernos ese evento tan importante que se hablaba en los círculos íntimos del pueblo.

Resultó una matanza indiscriminada, con alevosía, premeditación y ventaja. Esa aventura que marcó para algunos, y lo digo también por mí, la visión de vida.

Llegué a casa y me quedé viendo el bulto de hojas dobladas. Eran de recién descubrimiento, pero de un semblante añejo, de cientos de años. La curiosidad estaba maniatada por la zozobra, el hecho estaba preso por el miedo, no por lo que pudiese encontrar ahí escrito sino por el caso verdaderamente increíble. Tenía sentimientos encontrados porque no había lógica para este suceso. Cómo diablos podría yo comprobarlo.

Me calmé, el alma del escritor empieza a regresar a mi cuerpo y deja a un lado a su más férrea opositora, la razón. Sin tener que racionalizar este caso, decidí desenvolver esos *viejos* papeles con la curiosidad de un escritor que investiga su fuente de información para darle causé a su imaginación.

Desenvolví suavemente los papeles como si fuera a desojar a una doncella. Lentamente fui abriendo el cuerpo del envoltorio, descubriendo con ansiedad y pasión el olor a tinta y papel viejo. Extendí las hojas para dejar ver en su máximo esplendor las letras que ahí se encontraban y ese impregnado de tinta sobre un papel muy resistente por ser de corteza de árbol no tan tratada para hacer papel, clásico de los papeles que se utilizaban hace más de cien años, los rasgos no tan uniformes que dejaban las puntas de aquellas plumas que se fabricaban para escribir. Los rasgos finos, seguidos de un trazo fuerte y penetrante ocasionado por la pluma inmediatamente después de haber sido mojada en el tintero. Su olor peculiar a aceite de tinta llenaba mi cerebro de imagines que trataban de evocar el ambiente en el cual se escribió sobre ese papel. La vida alrededor de ese manuscrito de tinta y emociones. ¡No podía creer lo que veía!

En los primeros renglones de la primera hoja, se leía:

10 de septiembre de 1873

Mi camarada, como tú me llamas, mi querido amigo Samuel, como te darás cuenta, sí regresé a este lugar unos cuantos años atrás. No sé qué paso, sólo pensé un momento en el amigo Acuña y en medio de esa lluvia torrencial en aquel o en nuestro tiempo o en el tuyo, bueno, ya no sé cómo decirlo, pero en ese momento vi a Manuel. Y ¡ya está!, me encontré en otra época.

Espero que estés leyendo esta carta, porque aquí te voy a relatar lo que he vivido en compañía de este cuate, Manuel Acuña, que me sigue pareciendo muy loco y extraño. Aprovecho ahora que está concentrado escribiendo un verso para no sé quién para escribirte las cosas que han pasado. Como ya te decía, cuando ya llegué a esta época, me dijo Acuña:

"¿Cómo está mi apreciable amigo Arcángel? Veo que ya está decido y menos absorto por esta ocasión que Dios nos ha dado para todavía no sé qué. El hecho es que yo no tengo a bien poder darle aún una explicación. Lo que, si es que creo, a reserva de que usted tenga una mejor y más acertada opinión, debe ser una segunda oportunidad para poder dejar en claro y terminar con algunas cuestiones que dejé pendientes en este mundo. *Choses à faire dans ce monde"*.

Sí está bien esto de estar viajando, já, si le puede llamar así. Mis amigos jamás me creerían esto, bueno, ni yo mismo todavía sé qué creer.

Así es, mi estimado, así sucede en un principio, pero luego es cosa de Dios, hay que aceptar las fuerzas con las que Él actúa. Muy a su manera, pero no, como se dará cuanta, mi querido amigo, no las explica ni media una carta explicativa, sólo las emerge en medio de la tribulación y ahí está: hacerlo, descubrirlo, ¿cómo?, todavía no lo sé, aunque ya lo estoy entendiendo más. Tanto que no se sorprenda por lo que en un instante va a suceder

¿Qué...?

Fue entonces, amigo Samuel, que empecé a ver la vida, junto con Acuña, pero como en tercera dimensión dentro de una cuarta. No sé si me explico No sé por qué te pregunto si no me puedes contestar, sólo estarás leyendo esto y lo que sigue. Así entonces viví lo siguiente:

—¡Oye, amigo Acuña, que…!

—No te acongojes, mi amigo Arcángel, guarda compostura y silencio, verás mi vida como fue en silencio y con gran desesperación, porque no puedo hacer nada para evitarlo.

—Sólo hazlo y ya.

—No, creo que no se me está permitido.

—Pero, ¿cómo?

—Así es, he tratado, en vano, de hablarme a mí mismo para no cometer los mismos errores, pero ha sido infructuoso este andar. Como veras, de mí la impotencia se apodera y la angustia me carcome el alma.

—Pero si tú ya lo has visto, ¿por qué sigues martirizándote así?

—No lo sé, es una y otra vez, y no encuentro porqué y para qué. Al principio pensé que era un castigo del mismo Dios por mis faltas y mis cobardías, creo que así fue. Porque sufrí demasiado el verme a mí mismo sin poder hacer nada ni cambiar nada, sólo siendo un espectador en esta mala obra.

—No entiendo, entonces, menos, para qué estoy aquí. Tengo mis propios problemas. Por qué he de ver tu vida, ¿y qué hago yo?

—Eso es algo que también me pregunté cuando, cada día diferente, aparecía cerca de ti. Nunca lo notaste o nunca se me permitió hacerme presente ante ti, pero he vivido tu angustia y dolor.

—¿Cómo?, ¡cómo es posible que te metas en mi vida y en mis cosas íntimas! Eso es sólo mío, tan mío que ya no lo quiero compartir con nadie. Eres ruin. Pero, un momento, ¿qué sabes de mí?

—Le digo, mi querido amigo, ¿cómo fue que la vida de ella se fue transformando?

—No, qué sabes tú de eso. Nada te da derecho a hablar y menos a juzgarme.

—No le estoy juzgando, sólo le estoy tratando de relatar un episodio de usted para que me crea. Sé que es cruel, pero, ¿cómo puedo hacer para que usted me crea, amigo mío?

—No lo sé, no quiero hablar de eso. No quiero.

—¿Por qué no? Si yo lo he traído para que conozca lo más íntimo de mi espíritu y de mi alma. No sólo eso: lo más enfermo y ruin de mi comportamiento. ¿Eso no le es suficiente?

—¡No me importa, quiero regresar!

—¡No! ¡espere!, sólo vea esto y si después de ello quiere perderse de nuevo en el tiempo y dejar a este corazón atribulado no mediará en mí una sola palabra para detenerlo. Sólo cálmese y no insistiré en su vida que bastante tiene con ella, pero quiero mostrarle la mía para conocer mi muerte. Esa es otra interrogante que preciso yo de investigar: mi muerte.

—Bueno, está bien. Y no quiero hablar de mí.

—Está bien, sólo si usted quisiera…

—Jamás lo haré.

—Está bien, respeto infinito para su deseo. Veamos pues, y por favor no se angustie si me ve como ahora y el otro yo en vida no se percata de nosotros.

Fue entonces Samuel, que me quedé como viendo una película. Esto sucede:

Con Acuña, como le gusta que lo nombre, como espectadores veíamos como en un aparador lo que sucedía. Es una sensación extraña, como estar flotando, pero con la impresión de estar anclado a la tierra. Los movimientos no son pesados como el peso de tu cuerpo, son más bien movimientos que no parecen tener ninguna resistencia del viento o de la gravedad. Si nos queremos desplazar a algún lugar, sólo basta pensarlo y en instantes aparecemos ahí. Caminamos cuando lo queremos hacer, pero somos como transparentes, ni el viento ni el tiempo, tiene influencia sobre nosotros. Aunque Acuña tiene algo más: puede desaparecer por completo. Hay momentos en que no lo veo ni lo siento, es curioso, yo por más esfuerzo que hago por tocar o sentir las cosas, no puedo, mucho menos a las personas. Sí percibo los aromas y obviamente escucho el medio ambiente, pero no puedo tener contacto físico con el medio. En el caso de él, aunque no siempre, me ha demostrado que puede ligeramente mover objetos o causar una ligera brisa cuando pasa por algún lugar si se lo propone. Yo he pensado mucho el porqué, amigo Samuel. Y creo saberlo. No se necesita mucha imaginación para descubrirlo.

Te narro lo que veo en estas hojas como la que tienes ahora mismo en tus manos. No sé si todos los días podrán ser interesantes, pero no desesperes si no hay una secuencia exacta. Descuida y no trates de encontrar algo sorprendente en días tan cotidianos y tediosos.

¡Ah! no sé cuándo regresare a nuestra época. Yo te avisaré como pueda.

13 SEPTIEMBRE 1873

Amigo Samuel, este día estábamos observando lo que sucedía en el cuarto número 13 de la Escuela de Medicina ubicada en la calle de la Encarnación (o de "la Aduana" como muchos preferían decirle).

Para evitar confusiones llamaré a Manuel Acuña, el que me acompaña, *mi* amigo Manuel, sólo "Manuel". Al Acuña que vemos, al que está viviendo su vida frente a nuestros ojos le llamaré "Acuña".

—¿Hacia dónde va Acuña? —le pregunté a Manuel—. Se ve que va con prisa.

—Si se percata, lleva una hoja de papel en la mano. Es un recado de ella.

—¿De quién?

—¡De Rosario, por supuesto!

—¡Ah! De ella, por la que…

— Calla, por favor, no sabes lo suficiente como para repetir lo que han repetido todos por cientos de años.

—Lo siento.

——Qué fácil es hablar de lo que no se sabe. Para qué lucho, sigamos con nuestra encomienda.

¿"Encomienda"? De verdad luego no sé lo que dice. Pero, en fin.

Seguimos a Acuña. Caminamos por las calles que son algo parecidas a nuestra época, sobre todo por los edificios que son antiguos, porque hasta para estos años de mil ochocientos setenta y tantos también ya son viejos. Su caminar es muy peculiar, es muy delgado, no sé si su complexión por herencia es así o es porque no duerme mucho, no come… aunque es como tú: la escritura no le da suficiente para alimentarse bien.

Su pelo, siempre despeinado, como lo tiene quebrado y muy grueso, se lo sacude y le queda como un gorro parecido a los que usan en este tiempo, como de copa. Sus ojos, un poco saltones, cuando te miran parecen estarte escaneando o hipnotizando. Aunque es muy amable y hasta puedo decir que es muy ingenuo, cuando habla de sus padres, y de su familia en general, esa mirada penetrante se convierte en un llanto reprimido. Lo mismo cuando habla de su hijo.

Amigo Samuel, el día que estuve en nuestro tiempo, investigué lo que pude de Manuel Acuña y no se dice mucho de su hijo. Hay un par de versiones, una es que su hijo lo tuvo con otra mujer, que es poeta, y a la cual quiero conocer; y la otra versión no es muy clara. Pero espero que con esto se sepa la verdad, creo que es lo que Manuel busca al observarse a sí mismo. Te comento, ya le hice esa pregunta y sólo se le nublan los ojos y siempre me dice, con esa pausada y melodiosa voz y con su peculiar acento norteño, "A su tiempo, mi querido amigo". Es todo lo que dice cuando lo interrogo. Y así será, entonces.

Pero mientras tanto, te sigo contando:

Caminamos por esas calles, digo *esas* porque son un México diferente al nuestro, le pregunto a Manuel que a dónde va Acuña y la otra frase con la que siempre me contesta: "Ya lo veré".

Seguimos a Acuña a la cita con Rosario.

—Qué bueno que vino, Manuel, esperaba que no atendiera a mi invitación.

—Y por qué no habría que hacerlo, después de todo, soy el que debe arrodillarse ante sus ojos y su sonrisa celestial.

—Créame que es difícil para mí que tenga que verlo así, a escondidas de mi familia y a hurtadillas de mi corazón.

—Lo sé, ¿pero por qué, Rosario?, ¿por qué tiene que ser así? ¿Por qué no dejamos que el mundo nos bañe con su mirada y el cielo nos inunde con su bendición?

—Desde aquel día que me regalé en ese beso le entregué mi ilusión y mi primera vez. Para mí fue un gran honor y una gran felicidad; sepa que siempre lo llevaré en mi corazón. Pensaré siempre en usted como el ser a quien entregué la virginidad de mis labios y el eterno recuerdo de mi primer beso. ¿No es suficiente para usted, Manuel?

—¡No! ¡No lo es! Cómo puede decir eso. Usted no me regaló la gloria, usted me hizo profundamente desdichado al dejar que yo besase ese terciopelo que acurruca su boca. Esa dulzura que embriagó mis trasnoches y esa suavidad que embelese mis recuerdos. Noches tras noche siento como poso mi deseo sobre aquellos labios virginales que en su color purpura llevan el embrujo de una maléfica pasión. Hubiera preferido que me apuñalara las intenciones y diera muerte a mis deseos profundos de tenerla siempre mía.

—¡Manuel, por Dios!

—¡Sí! ¡Por qué callar! Yo no gano nada con callar más que su desprecio por mí. ¡Maldita pobreza!

—¿Sabe usted qué siento yo? ¿Lo sabe, acaso? ¡No, no lo sabe! ¿Sabe usted que se siente el verlo en esas reuniones de versos y poemas, con su figura desgarbada, como si lo proyectara a usted la pasión y la inspiración? Eso pienso cuando lo veo. No veo esa triste y corva figura por su malpaso y ayunos que otros critican. ¡Inmundos por ver trivialidad en los andrajos y no ver la belleza de su alma! A usted lo aventó la creatividad y la inteligencia, es usted indigno para ellos porque los ha superado y sólo pueden aliarse con el dolor para provocar en usted esa forma desaliñada de vivir la vida. Lo miro, observo cada movimiento, y en cada gesto usted es un verso. En cada palabra usted es un poema, en cada mirada desasociada usted es una obra terminada.

—No, no diga eso porque más me desgarra la vida. Y si soy todo eso para usted, mi hermosa Rosario, mi nocturnal Rosario, ¿por qué entonces rechaza mis amores y mis ilusiones?

—¡No soy yo, créame! Mi vida pongo en esta verdad. Es mi madre que pretende cosa más grande para mí, un futuro diferente para mí. No soy dueña de mi camino, aunque este haya sido abierto sólo para usted. Soy sabedora de mi responsabilidad en esta sociedad y con mi familia, no puedo tampoco dejar y abandonar a quien me ha dado la vida, ¡lo juro que no puedo! Y no porque mi culpa pueda ser más grande que mi amor, pero la nobleza suele ser ingrata, y en este caso es sumamente egoísta e infame. Me exige salvar a mi familia a costa de mi propia felicidad.

—Qué sorpresa lo que me dice. La nobleza exige lo que el amor no puede dar. En eso tiene usted razón, mi bella, la nobleza exige sacrificio en muchos casos, exige la vida de sus hijos para una patria amenazada; exige nobleza para dar la vida por la libertad de un individuo y más aún por la de una nación. Pero, si exige a un individuo su sacrificio, ¿por qué entonces no le importa el ser? El ser es el que determina su existencia y su porqué en este mundo. ¡Qué contradicción! La nobleza pide al ser no serlo, entonces si el ser no puede serlo, qué le queda. ¿Nada? Por nobleza se han hecho grandes sacrificios, pero entonces ese sacrificio se convierte en nada para la historia.

—En mi caso sí, Manuel, es un sacrificio para mi alma. Porque por una nación, como Morelos, Leona, Hidalgo, no hubo tal.

—Sí, entiendo, el mismo Jesús de Nazaret, sólo el cuerpo fue su sacrificio, más no su alma.

—Entonces, ¿asumo que tengo su alma, mi bella dama doña Rosario de la Peña?

—¡Sí! ¡Sí, Manuel! ¡Mi alma será siempre suya!

—Qué infame ahora es el universo; cuánta fatalidad hay en sus deducciones. Cuántas horas he dedicado a embelesar el alma, su grandeza que logra enaltecer a los más grandes espíritus y promueve las más grandes obras. Ahora usted me da con un sable directo al corazón.

—Pero, Manuel, ¿por qué dice eso?

—¿No lo entiende, mi bella Rosario? En este momento estoy hecho un mar de emociones que se cruzan y se enjambran con contradicciones. Porque si bien tengo y deseaba su alma, muero en mis cavilaciones, muero en su recuerdo, muero en cada desvelo, muero en cada verso que le dedico, muero en cada minuto que la pienso. Muero por su talle, por su figura, por su cadencia al caminar que enamora al viento y hace que se ciña a usted como fiel e impúdico enamorado. Su aroma hace que en el lugar donde usted pisa quede prendida su imagen como una escultura. Mis deseos impuros, pero llenos de pasión y de anhelos, desbordados por tocar sólo un instante su piel, sedienta y tersa como un suave y amoroso pensamiento.

—¡Manuel!

—Mi señora, no es un secreto. Aunque sea muy soez en mis palabras, no es el caso ofenderle, pero sí mostrar lo que siento y el golpe a mis creencias lo que acaba usted de hacer. ¿Qué hago yo con su alma? La quiero. La guardaré por siempre conmigo, pero, ¿cómo la beso?, ¿cómo la recorro?, ¿cómo hago realidad mis insanos pensamientos? ¡Si no tendré jamás un solo espacio de usted!

—¡Mi poeta!

—Me has despojado de mis fervores más íntimos y de las ilusiones de mi viaje por ti. Ese viaje que, en mis sueños destemplados, se posa en cada rincón suave y fragante a matinal.

—¡Manuel, ya no siga por favor!

—Esos temblores corpóreos de pensar en el anclaje ávido de lo más puro, clandestino y cálido de su ansia virginal.

—Manuel… bésame por tu vida.

17 DE NOVIEMBRE DE 1873

Querido Acuña,

Te he mandado esta misiva con una tristeza profunda que ha roto mis anhelos de esperanza por corresponderte ante el mundo, este amor que me carcome y que me hace también indigna y me ha hecho impura.

Ha llegado un propio a esta tu casa, trayendo una infamia que ha oscurecido los días de sol y marchitado el jazmín del corredor. Seguro las intenciones de quien cobardemente ha hecho daño a mi persona y a su imagen de caballero honorable no se imagina cuán intenso es el dolor. En el regocijo de mi madre encuentro una profunda tristeza. Cómo puede ser la vida que la desdicha es objeto de burla y regocijo en otras personas.

No lo angustio más, le mando junto con esta carta otra ingrata que fue dirigida a mi madre y que con altanería y burla me ha aventado a la cara para maldecir como todos los días a su figura. Podrá usted, Acuña, leerla y enterarse de zozobra y de angustia porque espero su respuesta ante tanta negrura de alma de quien fue capaz de promover esto.

Muy apreciada señora de de la Peña,

No es grato informarle, pero las circunstancias lo ameritan, ya que usted, como su familia y sobre todo sus hijas, son de sobrada honorabilidad y de una vida intachable que un caballero, que preciso decirle que no lo es tanto de nombre Manuel Acuña, un poeta y aspirante a galeno que bien usted ha de conocer y más aún la señorita Rosario, quien se le ha visto en quereres con este tal, pues así, como se escribe, le informamos que este hombre tiene amoríos con otra susodicha poetiza que más debiera hacer deberes de su condición y no de hombruna escribiendo versos y trasnochando con cuanto pseudo artista hay por ahí rondando y escandalizando.

Ella, esta mujer, es llamada Laura. Así como lo he visto, tiene amoríos con el señor Acuña. De sobra es sabido y como usted no anda en bocas seguro no se ha enterado. Rogamos nos perdone la noticia, pero es preciso que usted lo sepa y que su hija no reciba el menosprecio por culpa de un indigno artista. (S/F)

Rosario

—¡Esto es una...! ¡Malditos!

Espero verte, mi amigo Samuel. Quiero despejarme un rato de este ambiente tenso y oscuro, a veces me rebasa y no sé qué hacer. Manuel sólo observa y fija su mirada en lo que acontece, como si estuviéramos viendo una gran película. Te veo en la banca de siempre, ahí, en la Alameda, el próximo lunes.

Arcángel

Espero que Arcángel no tarde mucho, se está nublando y... pero, ¡qué tonto soy!, ¡esa es la señal de que regresará! Cada que se nubla, llueve a cantaros y el viento sopla fuertemente, ese es el momento del "traslado", si así se le puede llamar.

Qué impaciencia desear ver a este hombre para que me cuente qué ha pasado o qué aconteció con Acuña y Rosario. No cabe duda de que la historia sólo nos la traslucen de acuerdo al cristal con que se mira. No debe tardar mucho.

En una tarde sin mucho sol, pero tampoco ninguna señal de que lloviese, pronto y cada vez se sentía más fuerte un viento que olía a lluvia. Cosa rara porque no había nubes.

Ese viento era húmedo y traía un suave aroma como a tierra y hoja mojada. *En estos días, en esta gran ciudad, es raro percibir ese aroma. Sin embargo, quizá ese viento no es precisamente de esta época.*

Se soltó el chubasco. Espero ahora cubierto con un paraguas. Ahí está. ¡Sí… ahí está!

—Qué tal Arcángel, ¿cómo estás? Te veo un poco pálido.

—Y cómo no, si tengo un hambre del demonio.

—¿Pero, no comes?

—¿Te contesto?

—Está bien, no te molestes. Yo supuse que comías o algo así. Perdona.

—No te preocupes. En realidad no me da hambre, es raro, es como si yo también fuera un fantasma.

—¡Eres un fantasma, amigo! Al menos para esa época. Tu bien lo describiste, no te ven, no te oyen, no puedes materializarte con nada. Eso, querido Arcángel, es un fantasma.

—Sí, tienes algo de razón. Soy como si lo fuese.

—¡Órale!

—¿Qué?

—Tú no utilizabas esa palabra. De hecho, noto en tu tono de voz y en tu léxico un cambio. Para bien, claro.

—No había notado eso, pero debe ser. Es una época muy bonita. Se hablan con mucho...

—Se hablaban.

—Bueno, es que yo sí lo estoy viviendo y para mí es el presente, y así me gusta decirlo, si no te molesta.

—No, claro que no. Hablando de otra cosa, creo que sí necesitas comer algo para que se te baje ese mal humor. Ven, vamos, por aquí hay un café muy recomendable.

—Samuel, qué rico hacen de comer aquí, los chilaquiles están riquísimos.

—Si, este lugar ya tiene muchos años. Ve las fotografías del local de cuándo son. Y según esto allá afuera hay una placa donde dice que fue un estanquillo desde 1870 hasta 1939, casi duró setenta años. Además de vender tabaco vendían pan y comida para los que paraban en su viaje a comprar mercancía a la aduana. Después se convirtió en este café-restaurante.

—Ahora que regrese a esa época, voy a visitarlo. Debieron haber sido muy buenas las comidas. Aunque no pueda comerlas, pero cuando menos conocer la historia de este lugar. Eso me agrada, Samuel. ¿Cómo se llamó el estanquillo?

—Vamos afuera. La Nao. Así se llamó. Si pudiera probar, regresaría siempre a comer aquí.

Vi a Arcángel muy delgado, comió como si no lo hubiera hecho en varios días. Su aspecto le daba solamente para una persona enferma, pero había algo diferente en él, su forma de expresarte era más pausada y, diría yo, más culta. Ya no usaba tanto las expresiones tan coloquiales que utilizan ahora los jóvenes. Ese opaco de sus ojos, y lo distante de su mirada, le asomaba apenas un poco, pero todo un contraste: su figura reflejaba a alguien que está casi muriendo, pero su ánimo, y no se diga su apetito, era de una persona bastante sana y con deseos de comerse el mundo a pedazos. *Un cambio está sucediendo en él, ya no habla ni echa pestes contra la vida y su amargura. Es extraño, nunca ha querido platicarme qué es lo que lo tiene o mantenía al borde del suicidio. He respetado su decisión de no decirme, pero tendré que preguntarle en la próxima ocasión, sobre todo por el cambio que lo está transformando.*

—Mi amigo Arcángel, ahora cuéntame cómo te está yendo *allá*. Me has dicho poco, como si me evadieras.

—No, de ninguna manera, Samuel, sólo que creí que ya tendrías suficiente con lo que te escribí.

—Eso fue importante, pero, ¿supongo que hay más?

—Es... otro universo. Incluso es más fresco. Hay cosas que sólo en libros de historia ahora encuentras.

—¿Como cuáles?

—Mmm... como cuando ves campo y tierra sin pisar al término de la Alameda. Alcanzas a ver dónde terminan las construcciones desde esta zona del centro y empiezan los caminos como si estuvieras en el campo. Todavía, aparte del olor a caballo, de pronto te llega un olor a establo, a vacas, sobre todo cuando hace un viento fuerte del oriente. Por las tardes huele a leña de los hornos de las casas y de las hornillas de los vendedores callejeros que van gritando y vendiendo su pan recién hecho. Desgraciadamente también ves la pobreza, no sólo de los indígenas, que todavía hay muchos en esta época, de los mestizos que no encuentran muchos medios de subsistencia. Todavía se habla de las guerras, ja, ja. ¡Imagínate, de la Guerra de Reforma y de la invasión francesa! Claro, y algo que me desconcertó: Benito Juárez no tiene mucho que murió.

—Sí, entiendo. Tú sigue diciéndome.

—Bien, rumoran mucho sobre Juárez. Gran parte de la sociedad no lo considera como el gran patriota y el gran presidente, cuando menos aquí en la ciudad. Existe una fuerte impresión de que Juárez estaba enfermo de poder.

—¿De verdad?

—Si, incluso ya hablaban de quitarlo a la fuerza porque cambió su orgullo, al fusilar a Maximiliano, por la prosperidad que ofrecía Europa sí le perdonaba la vida. Eso no me importa. También hay quien lloró cuando falleció. Me emocionaba la idea de conocerlo en persona, pero recién murió y ya no pude conocerlo. ¡Te imaginas eso!

—¡Uy! ¡Qué a toda madre hubiera sido eso, amigo!

—Si caray, pero ni hablar…

—¿Y qué pasa con Manuel Acuña?

—Mmm.

—¿Qué?

—Es… es un tipo con un gran corazón. Y por lo mismo se está complicando la vida.

—¿Por qué dices eso?

—Mira, todavía hay cosas que no tengo bien entendidas, pero está sufriendo demasiado por cargar con penas ajenas además de las suyas. Todavía tengo que ver más para poderte explicar el porqué de muchas cosas de su vida se están complicando y de lo difíciles que van a resultar.

—Ya sabemos el resultado, ¿no?

—Sí, lo sé, pero, así como veo las cosas, el resultado es casi inminente. Lo importante es por qué pasó lo que pasó. Por qué termina suicidándose Acuña. Si es que lo hizo.

—Sí, por supuesto, ¿y qué vas a hacer?

—Por lo pronto, regresar.

—¡Oye! Perdón la interrupción, ¡te quiero preguntar!

—¡No! ¡No empieces con preguntas si se trata de Manuel Acuña!

—No, mi amigo, se trata de ti. Discúlpame, pero tú me pediste que te ayudara, no fue él.

—Sí, pero todo se centra en Manuel. Por él te pedí apoyo.

—Pero quiero saber, ¿no tienes a quién ir a ver? ¿Qué de tu familia, o alguien?

—Ya te contaré después, ahora quiero regresar porque ya presiento que debo hacerlo.

—¡No seas cabrón, no me dejes así!

—Ja, ja, tranquilo, ya te contaré.

—¡Joder! Qué remedio. No tengo opción. Pero, entonces, ¿cómo o cuando me mandas más datos de lo que pasa *allá*?

—De la misma forma que lo hice. Te dejo en la misma banca un bulto con las hojas dentro.

—¿Cuándo?

—Eso sí no lo sé.

—¡Me lleva…!

—Calma, no me presiones. Será lo antes posible. Sé que es una locura, pero me parece como si la vida pasara más rápido allá.

—Eso sí. Estaré pendiente entonces. Cuídate mucho y ¡espero verte muy pronto!

Esperé y esperé y no encontré nada en aquella banca. No apareció nada. Llegué a pensar que todo había sido obra de mi imaginación al encontrar, en algún sueño, una buena historia que contar. Y pasaron meses.

LA REVELACIÓN

—¡El estanquillo! ¡El estanquillo!

Me desperté un día gritando. Soñé algo así. *Seguro es el mensaje que me manda Arcángel por el sueño. Qué pendejadas estoy diciendo. Bueno, a estas alturas no me sorprende ya nada.*

Corriendo me dirigí al centro histórico. Arcángel mencionó que, si pudiera, regresaría siempre a comer al estanquillo, a La Nao, ahora Café del Centro. Recordé que tras la barra tienen una gran cantidad de fotografías de cuando se inauguró el Café, y creo que incluso más antiguas. Una corazonada o intuición me dice que ahí encontraré respuestas o información de Arcángel.

Con la firme idea, e ilusionado, entré a desayunar al Café. A propósito, me senté en la barra.

—¿Le sirvo un lechero, joven? —me ofreció la mesera.

—Sí, por favor.

Me sentaría bien un rico café, que le llaman "de chino". Cuando se empezaron a asentar los chinos en nuestro país, y sobre todo en la Ciudad de México, un pueblo trabajador y estoico, abrieron cafeterías donde vendían tes, luego café, delicioso pan horneado ahí mismo y platillos orientales. Por ello, en esta ciudad, al decir "vamos por un *café de chinos*" nos referimos a tomar un rico café o lechero. La preparación del famoso café de chino tiene su tradición: se pone un vaso de vidrio, se le llama "lechero", el mesero trae dos jarras echando vapor, una con el café que sirve dependiendo qué tan intenso se quiera, y la otra ardiendo con leche que te sirve dejándola caer desde treinta centímetros de altura, aproximadamente, dentro del vaso, esto hace una deliciosa espuma. Te lo acompañan con una charola llena de panecillos riquísimos y frescos. Ese es el famoso lechero en esta ciudad.

Originalmente lo impuso la comunidad china en este país. Hoy en día ya han ido desapareciendo como "cafés de chino", aunque se sigue sirviendo ese famoso lechero en toda la ciudad, hay gran cantidad de cafés de este tipo en el Centro Histórico. Es un desayuno muy común por estos rumbos, que, con el fresco de la mañana, cae muy bien caliente y con pan recién horneado.

¿Los chinos? Se diversificaron en cuestiones culinarias y cambiaron los cafés por comida tipo buffet.

En fin, después de cavilar cuanta historia tiene esta tradición, empecé a observar las fotografías. No me di cuenta, por estar concentrado en ellas, que le di vuelta a la barra. Obviamente eso causó curiosidad. La mesera que me atendió me preguntó si buscaba algo, o qué le veía a las fotografías.

—Pues mire, en realidad no sé lo que busco, pero me interesan los detalles de las fotografías antiguas. Me gustan mucho. Soy periodista y estoy escribiendo sobre la tradición de estos establecimientos —dije las palabras mágicas.

Inmediatamente se acercó el encargado y me dijo que podía ver otras que se encontraban en un salón en la parte de arriba, eran las más antiguas, por eso las tenían ahí.

Ya con su permiso, subí a ver las demás y qué maravilla. Eran muy viejas, tanto que ya estaban muy amarillas y algunas ya se están borrando. No sé cuánto tiempo me entretuve ahí. Vi algunas de cuando era estanquillo, algunas que tomaron del exterior, otras que mostraban a las personas que pasaban por ahí. Ya casi por terminar, vi una que me sorprendió. No pude contenerme y sin pensar me exalté.

—¡Sí!, ¡sí! ¡Yo lo sabía, lo sabía!

El encargado subió apresurado y, con cara de sorpresa, me preguntó.

—¿Qué pasa, amigo?, ¿está usted bien?

—Sí, sí. Claro que sí. Perdón, sólo que… vi esta fotografía y debo confesarle que este comensal que está parado a un lado de una cocinera, ¿lo ve usted?, parece ser mi bisabuelo.

—¡Cómo cree!

—¡Sí, de verdad! ¿Puedo bajarla para verla bien? Le prometo que no la arruinaré y la pongo en su lugar.

—¡No faltaba más! Si eso significa tener otro cliente, baje las que quiera, están ahí desde que se abrió este local. A nadie le interesan, usted es el primero que les pone atención.

—Una disculpa por mi exaltación, me sorprendió el parecido. Quizá no sea verdad, pero me causó sorpresa.

—Lo dejo para que la vea con calma. De hecho, allá, en aquel rincón, están otras que son más o menos de esa época.

—Sí, claro. Muchas gracias.

Vi detenidamente la fotografía. Sorprendentemente sí era Arcángel. No supe qué sentir, esa era la prueba que estaba esperando para justificar mi incredulidad y mi desfachatez para con lo evidente y la razón. Por supuesto le tomé una foto para llevármela como evidencia y por si se me escapaba en estos momentos, antes de entregarla, algún detalle. Al ser racional, no puedo creer lo que veo, pero, alejado de la razón, siento una profunda emoción sólo de ver el hecho y por lo que estoy pasando. Esto, para mí, rompe paradigmas. Los propios, mis creencias. No seré quién para entablar una batalla con la comunidad científica tratando de explicar el fenómeno y mucho menos para tratar de comprobarlo. Me desgastaría y moriría quizá en el intento. De eso estoy cierto y es mi verdad. Sólo mía.

Observé y observé la fotografía, pero la emoción que todavía hinchaba mi pecho no me dejaba pensar claro y buscar un mensaje de Arcángel ahí. Estaba seguro que sí, que algo había.

Se ve algo amplio el estanquillo en esa época. En ese tiempo se ven varios arcos que sostienen la estructura, que eran muy clásicos en la construcción de esos años. Arcángel está parado precisamente debajo de uno de estos arcos, sostiene en su brazo izquierdo un bulto que parece ser, ¡sí claro!, ¡papeles! Lo que me escribió. Tengo que revisarlo con lupa porque no se aprecia bien. ¿Qué señal hace con la mano que sostiene los papeles? No entiendo.

Con la lupa. Ya veo. Su mano está a la altura de su estómago y sus dedos índice y medio hacen la "v". ¿De paz?, ¿o dos?, ¡no sé! Su brazo derecho está recargado en el pilar del arco, también esa mano hace una señal. Señala con su dedo índice hacia arriba. En la parte de arriba del arco se muestra, apenas.... como ¿un cartel? Mmm, no. No es un cartel. Parece, ¡sí!, ¡es un calendario!

Reviso con la lupa, se ve el día ¡16 de noviembre de 1873! ¿Eso qué significa? ¿Qué me trata de decir, si es que señala esa fecha? ¿Qué tiene esa fecha? Ya revisé efemérides y no hay nada registrado, importante, ese día, que por cierto fue domingo. Mmm, domingo, domingo, domingo... ¡sí!, ¡domingo! ¡Claro!

Salgo corriendo, creo saber dónde encontrar los relatos de Arcángel.

Después de treinta minutos de viaje por el metro de la ciudad, camino a un costado de la catedral que me lleva nuevamente con mi intriga. Andando por la calle de República de Brasil llego por fin a la Plaza de Santo Domingo.

Después de visitar esta plaza y recordando lo que creo me quiso decir Arcángel en la fotografía que está en el café de chinos. Supuse que mi quiso señalar el día, en este caso, seguro me señalaba el día domingo. ¡Claro!, al estar ahí en la Plaza de Santo Domingo, y recordando su estructura, daba cuenta de que en su costado tiene varios arcos, los mismos que me señala Arcángel en la foto, al pararse justo debajo de uno de los arcos del estanquillo. Ahora sólo queda tratar de resolver lo que sus dedos marcaban como una letra "v". Creo que en realidad me quería decir, "dos". Pensando toda la noche, viendo una y otra vez la fotografía, deduje el lugar donde tendría que buscar. ¡Por supuesto que en la Plaza de Santo Domingo, en el arco número dos!

A los primeros rayos de sol me levanto para dirigirme nuevamente hacia la Plaza de Santo Domingo.

Es temprano, aún no hay mucha gente así que aprovecho para revisar en las paredes de estos arcos, esperando alguna otra señal, algo que me indique dónde estarán esos papeles. Debo tomar en cuenta que para mí sólo han pasado un par de meses, pero en realidad, para la historia, ya han pasado nada más ni nada menos que, ciento cuarenta y tres años. ¡Caray, sí son muchos años! ¿Dónde estarán? ¿Dónde estarán?

Estoy seguro que es en el segundo arco, ahí debe haber alguna señal. ¿En la parte de arriba? No lo creo. Debe estar en estas baldosas, alguna colocada recientemente, pensaba. Tomando en cuenta que fue construida con el convento, por ahí del año de 1530, algo así, observando cada una de las baldosas en uno de los muros del arco que estaba a mi espalda era notoria una inscripción que con el tiempo se había ido borrando. Sin embargo, se apreciaban las primeras letras: <SA... EL>. ¡Por supuesto, ahí decía "Samuel"!

Ahora cómo quitaría la baldosa, tendría que esperar a que se hiciera de noche y *con mucha precaución o me meten a la cárcel, por daños a la nación y al patrimonio histórico. ¡Válgame Dios!*

Claro, tenía que ser ahí, enfrente estaba la antigua Escuela de Medicina donde vivía precisamente Manuel Acuña, donde murió. Evidente. Pero me saltó otra duda, Arcángel entonces pudo penetrar, por así decirlo, a la dimensión de esa época y materializase, de otra forma, ¿cómo pudo estar en esa fotografía? Ya me lo tendrá que explicar.

Con mucha cautela y con ayuda de un desarmador, fui raspando el contorno de la piedra. En realidad no necesité mucho, ya que el material con que fue pegado estaba casi sobre puesto. Logré quitarla y, como tenía que ser, ahí estaba un bulto envuelto en piel. Dentro del bulto estaban las hojas con el relato de Arcángel.

Llegué a mi humilde vivienda por ahí en la calle 5 de febrero, aventé mi mochila e impaciente abrí el paquete con cuidado, ya que tenía una envoltura de piel y de una tela ya muy gastada por el tiempo. Logré descubrir las hojas ya amarillentas, pero con la letra muy legible de Arcángel. Empecé a leer:

Hola, amigo Samuel,

Sé que ya estas leyendo estas líneas porque lograste descifrar las señales que te dejé en una de las fotos del estanquillo de La Nao. Seguramente estarás recriminándome e incluso debes estar hecho una furia. Ofrezco una sentida disculpa por eso. Sí, ya sé que también esperas una explicación. Y te la ofrezco también.

Mira, no sé lo que paso, pero me cansé de ser un espectador, sabes que no podía estar solo como un fantasma. Pero un día me sucedió algo raro pero extraordinario.

Deambulaba en este siglo; por un costado de la catedral me dirigía a ver a Manuel en la Escuela de Medicina, cuando mi ser etéreo pasó a un lado de un indígena que vendía ollas de barro. Con una mano sostenía un manojo de hierbas, ayudado con el humo de copal que emanaba de un incensario también de barro, parecía que limpiaba el espacio a su alrededor. Primero, como ya te habrás dado cuenta, siendo muy perspicaz, extraño fue percibir el aroma del copal. Cuando pasé a un lado de este hombre me arrojó humo con su manojo de hierbas, me miro y sonrió ¡Me dio un escalofrió! ¡Nadie en este tiempo o en este plano se había dado cuenta de que existía! Quizá algunos perros que ladraban cuando me veían y quizá uno que otro caballo que sentía mi presencia, nada más.

Cuando este indígena notó que estaba ahí, me quedé petrificado y el siguió mirándome y sonriéndome. Después de salir de mi asombro, me acerqué. Lo primero que le dije fue si me veía. Ya sé que dirás que eso fue muy idiota, obvio sí me veía, pero quería cerciorarme. Él sólo asintió con su cabeza. Le pregunté por qué me veía y me escuchaba, si nadie lo hacía. Pero el me seguía sonriendo. Me indicaba con su dedo índice que me parara justo enfrente y cerrara los ojos.

Sentí que me pasaba las hierbas por todo el cuerpo y cantaba al mismo tiempo, no sé qué cosa en su dialecto, no entendía nada. De pronto sentí sus manos, me tocaron cada uno de mis hombros. Me recorrió nuevamente un escalofrió y a la vez me emocioné a tal grado que lloré. Él sólo se sonrió y me hizo señas de que me fuera. No sé si hablaba español, pero no dijo una sola palabra.

Fue sumamente raro, percibí mi peso, mis pisadas sobre el empedrado y el sonido de mis tacones. ¡Estaba materializado! Sentí entonces un apetito atroz y, penosamente, un deseo de hacer mis necesidades. ¡Estaba vivo por fin! ¡Tú me entiendes! Comprobé mi presencia saludando a un caballero que pasaba junto a mí; me respondió el saludo. El tipo me vio con mucha extrañeza por mi acento y por mi vestimenta. En fin, ahora tenía que buscar cómo mantenerme, dónde vivir, todo lo que conlleva sobrevivir. Sin embargo, estaba emocionado, ya que tenía otra oportunidad, aun cuando soy joven, de empezar una nueva vida con grandes expectativas de poder aportar mis conocimientos del futuro en este pasado.

Estudié ingeniería, así que lo primero fue buscar empleo como maestro en matemáticas, física. Lo hice en escuelas de recién formación. Tan pronto me hice necesario inicié con alguien más mi negocio independiente de asesoría. Me va muy bien. Vivo no muy lejos de donde vive Altamirano, muy cerca de donde vive Rosario. Aunque déjame decirte que la Ciudad de México, en esta época, es muy pequeña, así que todos vivimos muy cerca entre nosotros, tanto que caminando vas a todos lados. Lo más lejano es el pueblo de Tacuba, ¡imagínate!

Aprovecho estas líneas para decirte, como ya lo habrás notado en mi relato, que he decidido quedarme. En nuestra época no me queda nada. Me encontraste, o yo te encontré, o nos encontró Manuel, no lo sé, pero sí sé que fue lo mejor. Yo estaba destrozado, sin ganas de vivir, sentado en la Alameda pensaba en la forma de quitarme la vida, pensaba si me arrojaba al paso de algún autobús o me arrojaba a las vías del metro Bellas Artes. Fue entonces cuando me encontró Manuel Acuña, o su espíritu, coincidentemente un suicida encuentra a otro.

Mi padre murió cuando era yo muy joven, es verdad que nunca tuve o no conocí una relación de padre e hijo. Fui el hijo más pequeño de hermanos que casi me doblaban la edad, por tanto, no había ninguna afinidad. Ellos tenían ya fabricado su mundo con su historia, juntos, contemporáneos; yo no pertenecía a sus historias. Era sólo de relleno en la mesa en la cual se contaban con gran colorido las peripecias de ellos, "los mayores". En mi caso, qué podría aportar en esa convivencia. Al contrario, cuando quería llamar la atención con alguna anécdota, terminaba ignorado o regañado. Mejor callé en esa mesa en la que me sentía desplazado, fuera de esa familia. Solo. Encontré como opción, porque así las buscaba sin darme cuenta, familias sustitutas donde me sentía cómodo y tomado en cuenta, con ese sentido de pertenencia tan ansiado; donde se reían de mis platicas y de mis tonterías, sin embargo, por carecer de la atención de mi propia familia se generó en mí un complejo de inferioridad y un deseo siempre de ser aceptado. Eso, en mi vida, me ocasionó muchos problemas porque no sabía decir que no, con tal de ser aceptado.

Obviamente encontré una familia con mis amigos de temporada. De temporada porque tuve grandes amigos que añoro de esa infancia de soledad. Me identifiqué, más que con ellos, con sus familias, mis amigos no tenían grandes distancias de edad con sus hermanos, incluso sus padres eran aún jóvenes. Así me sentí con mis amigos, los hice mi familia. Con mi padre, en cambio, no tuve esa convivencia como la tenían mis amigos, sus padres convivían con ellos, pasaban tiempo juntos, jugaban deportes o simplemente los iban a ver en sus actividades apoyándolos; yo no tuve eso.

Mi padre ya estaba cansado, derrotado por el alcohol, frustrado por la economía precaria cuando él lo tuvo todo. Quizá era eso lo que lo atormentaba, la frustración de haberlo perdido todo o el remordimiento por la forma en que lo perdió: alcohol y mujeres, buena combinación para derrotar a cualquiera. Seguimos el mismo patrón, absurdamente. Mi madre estaba siempre quejándose de esa condición y de la vida cara. La atención era para las necesidades de los mayores, como el más pequeño tenía que conformarme con poco, la ropa desgastada de alguno de ellos, heredada a mi talle. En fin, para no aburrirte con mis traumas, así fui creciendo, abriéndome paso gracias a mis ganas de conocer más sobre las cosas.

Estudié, como dije ya, una ingeniería. Como es natural, llegó el amor. Un amor profundo para con mi esposa. La amé demasiado, creo yo, porque hice de sus besos una dependencia, de sus ojos, de su cuerpo. En la búsqueda de mejores condiciones de vida tuve que viajar, sin embargo, en lugar de mejorar, mi vida colapsó. Con el tiempo, después de la muerte de mi padre, viví con mi madre, a la que llegué a entender un poco y querer más. Durante uno de mis viajes, ella se fue. Murió. Me refugié en mi trabajo y en el amor de mi esposa que, al paso de mis idas y venidas, alguien aprovechó. Y ella, insegura de sí misma, me engañó. Mientras yo viajaba ella empezó a tener una relación con alguien, motivada por amigas frustradas y divorciadas que, creo yo, no podían aguantar que ella viviera feliz con un esposo que la quisiera tanto. Así suele haber personas, oscuras y con maldad en su alma, no soportan la felicidad de otros mientras ellas no lo sean.

Su engaño me hundió en una profunda tristeza, no sabía cómo vivir con ese dolor. Me sentía nuevamente solo. Pensé, por eso, en quitarme la vida. Bendito Manuel Acuña, llegó quizá para evitar lo que era ya casi inminente. Dios, en su forma extraña de actuar, nos reunió en un tiempo y espacio abstracto pero cierto, porque lo estoy contando.

Esa es mi verdad y espero estés ya satisfecho. Ja, ja, tu curiosidad. Sabía que no esperarías tanto para volverme a preguntar sobre mi historia. Esa fue. Porque de la siguiente, ya te estas enterando y quizá extrañamente sabrás de mí en algún libro de historia o almanaque porque encontré en esta nueva vida un deseo nuevo de vivir. Me he estado adaptando a este tiempo sin tener tantos adelantos, sobre todo tecnológicos. Pero, aun con las carencias por vivir más de cien años atrás, se vive con gran honestidad y compromiso. No sé en qué momento México cambio y se derrumbó. Ya lo veré.

Bien, después de confesarme contigo, ja, ja, te mando también lo que vi y supe sobre la muerte de Manuel Acuña.

Deja que te diga algo importante: no sé cómo puede ser esto, es decir, este viaje en el tiempo que, créeme, no me enfocaré en investigar. Se lo dejo mejor al tiempo, tu tiempo, y a Dios. Yo sólo viviré y trataré de ser feliz y no caer en los mismos errores que cometí en el futuro. Ja, ja, qué curioso se escuchó eso.

Recuerdo que, cuando empezó todo esto, Manuel Acuña me buscó para expiarse a sí mismo y saber el porqué de su final. Pero no existe un paralelismo en relación a este pasado con el futuro; ahora mismo que te escribo, ya han pasado dos años (¡sí!, te asombrarás), por lo tanto, ya no tengo contacto con él. Después de que me materialicé no lo vi más, sin embargo, sentía su presencia. Seguramente me quería pedir que no dejara de descubrir, por qué o cómo fue en realidad su muerte. Así lo hice, ya que me había comprometido con él y empeñé mi palabra. Por ello te mando lo que viví pocos días antes de su muerte. Incluso lo que él mismo me relató cuando tenía en su cuerpo el veneno.

¡Claro, estuve en el momento en el que moría!

Sí, ya sé qué me estarás pidiendo al leer esto que diga cómo murió en realidad. ¿Cuál es la verdad? No te decepciones, pero no hay pruebas de lo que pasó. Pero si te digo, según mi deducción, fue un homicidio. Creo que Manuel Acuña no se suicidó.

¿Quién fue? Esa es la duda. No pude aclararlo. ¡Pero!, después de que leas lo siguiente que te envió quizá puedas resolver el misterio. Léelo con mucha atención y sacarás tus conclusiones.

Sí, te adelanto que, cuando llegué a la Escuela de Medicina, entré para asomarme al cuarto donde pernoctaba Acuña. Lo vi parado en el pasillo, tomando aire de la mañana, respirando profundo y cerrando los ojos como gozando de ese aire fresco y puro, tomando de los extremos una toalla blanca que tenía sobre la nuca. Pareciese que acababa de darse una ducha por el cabello húmedo que le caía en la frente. Regresó a su cuarto, no sin antes quedarse a platicar con alguno de sus compañeros de manera muy amigable y fraterna, se veía de buen ánimo. Decidí, entonces, salir y quedarme enfrente de la entrada. Algo intuí, algo me dijo que esperara ahí. Fue entonces cuando vi que llegaba Ignacio Ramírez con un par de hombres. Uno de ellos se quedó apostado en la entrada de la escuela. A los pocos minutos llegó el amigo de Acuña, Juan de Dios Peza. Pasó un corto tiempo y salieron juntos Ignacio, su acompañante, y Juan de Dios, muy apresurados. Se despidieron y se fue cada uno por su lado en sentidos opuestos.

Después de no más de cinco minutos llegó (lo cual se me hizo fuera de lo común) Rosario de la Peña acompañada de don Guillermo Prieto. No tardaron mucho, salieron también apresurados. Eso se me hizo más extraño, por lo que decidí entrar. Antes de hacerlo, vi que llegaba la hermosa Laura Méndez con otro amigo de Acuña, Agustín Cuenca. Me detuve para esperar a que salieran y así fue, no tardaron ni siquiera un minuto (casi me atropellan al salir casi corriendo). Se fueron juntos. Noté algo raro en el cuarto de Acuña. Estaba la puerta entreabierta, así que me acerqué para asomarme. De pronto, y me dio un gran susto, salió la mujer, creo se llama o le dicen Cholita, la mucama que hacía la limpieza de los cuartos a petición de los estudiantes. Mujer voluptuosa, pero de no muy mal ver, con andar apresurado. Me quede entonces esperando unos segundos, pensando si sería correcto entrar. Me acerqué, toqué sin recibir respuesta. Entonces entré y vi a Manuel Acuña sentado en su catre y recargado en la pared, tenía la mirada puesta hacia el infinito como mirando hacia la nada. Me miró de pronto, como si me esperara. Fue esto sorprendente, parecía como si ya me conociera. Me pidió, con voz temblorosa y muy baja, que me acercara.

Me relató lo que sentía, me señaló la carta póstuma de su suicidio y, de verdad, esa carta no fue escrita ese día. Se notaba ya el papel muy gastado y la tinta ya muy penetrada, no fresca. Quizá no me entiendas, pero en este tiempo la escritura se hace con tinta fresca, no con bolígrafos de tinta que seca de inmediato y tiene ya otra consistencia. Esta tinta no seca de inmediato y siempre deja un hilo muy tenue en cada trazo. Cuando es fresca la escritura, se nota ese remanente que queda en la punta de la pluma. Sobre este papel ya se veía la tinta muy vieja y muy seca. Sin ser especialista, inmediatamente me doy cuenta que esa carta fue escrita meses atrás, sin embargo, está a un lado de él. Lo más extraño es que no veo ni la pluma ni la tinta. Vi un estuche de los que se venden aquí de pluma y tinta. Lo abrí y estaba nuevo, sin usar. A la pluma, para poder usarse, se le quita una especie de cebo que tiene en la punta y esta todavía lo tenía, con él puesto no es posible que salga la tinta. El frasco estaba aún sellado, así lo sellan porque es muy fácil que se derrame la tinta, ya que es aceitosa y muy delgada. Miré para ver si veía la pluma usada y no vi nada, incluso revisé en las bolsas de su chaquetín y tampoco había nada. Entonces, suponiendo que la escribió en ese momento, ¿con qué lo hizo?

Por otra parte, debajo de su catre tenía su maleta, no estaba vacía. Llevaba adentro su ropa como si fuera a hacer un viaje. Estaba limpio, ya te había dicho que lo vi cuando recién salió de la ducha. Alguien que se va a suicidar, ¿para qué se baña y se rasura? Él estaba pulcro, demacrado, como siempre, pero limpio. Había una prueba más de su viaje, los vi y no pude quedármelos: un par de boletos para la diligencia a Saltillo de ese día, 6 de diciembre de 1873.

Cuando terminó de relatarme lo que enseguida te muestro, murió. Me tomó fuertemente de la mano y me soltó. En eso entraron vario amigos de medicina, como si alguien les hubiese avisado, y trataron de reanimarlo. Me hice a un lado. Uno de ellos trató de darle respiración de boca a boca, pero casi se envena también. Tuvo que salir a vomitar al patio y a tomar aire. También lo tuvieron que atender.

Ya se había hecho todo un caos. Yo, casi en la puerta, un compañero de estudios de Acuña me dio un sobre. Me dijo que se lo habían dado para entregarlo a alguien que no fuera estudiante, y que, como característica, tenía un corte de pelo muy peculiar. Ese era yo, mi aspecto todavía conservaba la imagen del siglo XXI. Le pregunté quién se lo había dejado y me contestó que afuera del cuarto de Acuña un compañero se lo entregó. No me dijo cómo era porque tenía cubierta la cara con una máscara de las que usan los estudiantes cuando están en prácticas en el anfiteatro.

Salí corriendo para ver a ese estudiante, pero no vi a nadie. Ya no quise quedarme porque había gran alboroto. Al retirarme me percaté que Juan de Dios estaba a unos metros de distancia, había regresado. Al salir de la escuela vi que llegaba a paso veloz Agustín, que también había regresado. En la esquina, donde está la Iglesia de Santo Domingo, estaban, Ignacio Ramírez "el Nigromante" y Guillermo Prieto fumando pipa y viendo hacia la entrada de la Escuela de Medicina, como esperando cualquier acontecimiento. Al dar vuelta para irme hacia la catedral encontré en un sollozo a Cholita, la mucama, como si supiera que había muerto Manuel. ¿Pero cómo si salió apresurada antes que yo entrara?

Como te podrás dar cuenta, amigo Samuel, fue muy raro todo lo que sucedió ese día y en poco tiempo. Con los detalles que te he contado, ¡cómo es que nadie se preguntó o dudó del suicidio! No investigaron los hechos que vi y se fueron muchas dudas a la tumba de Acuña. Pero estoy muy seguro de lo que vi y te puedo decir que él no escribió la carta y que pensaba viajar. No te puedo asegurar si él tomó o lo forzaron a tomar el veneno, esa es la gran duda que me quedó en ese momento. Porque, déjame decirte que lo que me entregó el compañero de Manuel eran hechos relatados en los escritos que te mandé. Cuando los leí me quedaron claras muchas cosas y por eso estoy cierto de mi conclusión. Pero léelas y tú mismo te sorprenderás y sacarás tu conclusión.

¡Ah!, y cuando termines de leerlos te asombrarás de quién firma lo relatado en esas hojas. No lo veas hasta que termines de leerlo todo, de favor.

Con eso termino, no sé si es una despedida o si es sólo el inicio de una comunicación a través del tiempo. El mismo tiempo y espacio lo dirán. No dejes de ir al Café del Centro y quizá ahí deje algún mensaje. O quizás no. Ya Dios dirá.

Un fuerte abrazo, amigo,

Arcángel

El deceso inesperado

"Siento el sabor de la almendra, de la muerte líquida, cianuro. Escucho las voces en un eco voraz e incesante, el veneno ya debilita los últimos resquicios de mis sentidos que insuficientemente reaccionan. Mi mente todavía, al parecer, se resiste a sucumbir; mis músculos ya no se manifiestan, es como querer tomar con infinita suavidad al viento, impredecible y violento, ligero y a ratos quieto. Es viajar apacible en un torbellino.

Siento calidez en momentos que me imposibilitan moverme, aunque quisiera hacerlo. ¿Qué debo descubrir?, ¿cómo llegó a mi cuerpo tan fuerte veneno? El dolor levemente se siente, *qué muerte tan suave*, sólo en mis entrañas algo se aviva; soportarlo puedo, por supuesto. Mi cuerpo, percibo que vuelca en ese viento como si el tiempo jugara con esa piltrafa y con mis recuerdos. ¡Ah sí!, ¡mis recuerdos!, dicho popular que acompaña la historia del moribundo que elige vivir su vida en su mente, agonizante, en sólo instantes.

No, me vienen recuerdos, sólo espero que mi cerebro se detenga como lo ha hecho ya mi cuerpo. ¿Debo aprovechar para recordar mi vida? ¡Ah qué calamidad! ¿Qué debo recordar? Mi niñez, o mi adolescencia, o la primera experiencia carnal y ese hermoso placer del orgasmo… o quizá,

¿quién me ha dado este veneno? ¡Un momento! ¿Yo mismo lo he hecho? Eso sería difícil, ¿y mi viaje?, ¿y mis planes?

Estoy sintiéndome sumamente ligero. Quizá esté ya muerto y estoy en el limbo, esperando el juicio del Creador. ¡Por fin lo conoceré! Pero todavía escucho voces y creo que están a mi rededor, ¡eh, todavía no muero! ¡Aguarden! Tengo que decir... cosas. Estoy tratando de recordar. Creo... parece... que me estoy yendo.

Je suis en train de se souvenir et trouve que ça fait que je suis en voyage".

Esas fueron las últimas palabras de Manuel Acuña antes de morir por ingesta de cianuro. Antes de morir, alcanzó a decirme:

—Por fin lo sé. Voy en paz. Larga vida.

Sigo pensando qué quiso decirme con eso. Supongo que supo, al final, quién fue o cómo fue su muerte. Seguramente está conforme por lo que hizo. Pero, ¿"larga vida"?, no sé si me lo dijo a mí o es una clave para descubrir quién fue. No lo sé. Te lo dejo a ti, hermano.

Lo siguiente, mi querido Samuel, es tal cual me lo dieron. Tú saca tus conclusiones, no sé si llegarás a coincidir con la mía. Pero eso, insisto, te lo dejo a ti.

Te veré en algún punto del Universo. Abrazos.

—Dame un respiro para poder contemplar tus ojos que iluminan mis deseos.

—Oiga, Manuel, qué atrevido en sus palabras, presumo su intención y no sé hasta dónde llega, es verdad.

—De ninguna manera es intención, es mejor llamarla pasión que desborda las intenciones de mi corazón.

—¿Sólo del corazón?

—¿Ahora quién es intencional, mi dulce dama? Ja, ja. Quiero pedirle, y si es necesario hincarme…

—¡No, por favor, Manuel, no haga eso!

—Perdón, no quise incomodarla y mucho menos sonrojarla, hermosa, pero mi súplica va en alegoría hacia su alma pura y corazón generoso para que me permita verla como ahora, tan cerca a su fragancia y a su calidez. Conformarme tan solo con eternos minutos de admirar su belleza imponente en un sigilo de su andar y en su paseo al atardecer.

—¿Eso significa que le permita verme todas las tardes?

—Sí.

—Usted perdone, Manuel, me habla con tanta poesía que debo entenderlo como una simple mortal que habla tan llana y silvestre.

—Nunca diga eso, su boca invoca y sus labios invitan y juntos provocan. No obstante, en ello vaya la insatisfacción cumplida.

—Está bien, le permito que me vea, como usted pidió —sonrojada, se dio la media vuelta, dejando a Acuña sin poder decir nada—. ¡Sólo verme! ¡No me puede hablar!, ja, ja, ja.

—Pero... no. ¡Por supuesto que hablarle también! —casi en un grito desesperado le decía a Rosario.

Se rio de nuevo volteando coqueta con su sombrilla. Le dice en silencio:

—Veremos.

Se vuelve la dama conservando la sonrisa.

Al día siguiente
Acuña, como ladrón, escondido entre la gente que por mucho lo cubría completamente dada la figura tan delgada y enfermiza que ostentaba el poeta, esperaba a la bella, a Rosario que todas las tardes salía de paseo con su fiel y alcahuete chaperona a la apacible Alameda con el propósito de hacer algo más que tejer y leer a solas.

—Muy buenas tardes, hermosa dama. ¡Perdón si le he asustado!

—Cómo cree, Manuel, si lo vi escabulléndose por entre la gente, como un ladronzuelo.

—Qué desaguisado, perdón por no esconder mi deseo intenso de volverle a ver, de volverle a hablar y de escuchar su tenue canto cuando le oigo decir.

—¿Ah sí? ¿Y cómo es ese canto? —le hizo señas con la mirada a su chaperona para que fuera a dar una vuelta y se alejara para que los dejara solos.

—Es... dócil y envolvente. Te ciñe a una calidez embriagante que atrapa. Provoca una docilidad entregada que sucumbe a los encantos de su boca provocadora que, con tal orgullo, libera armonía en su voz. En ese instante, mi hermosa dama, se derrota el orgullo y el espíritu conquistador para dejarse llevar con éxtasis de su cercanía, aunque con ello vaya la vida o la dignidad misma.

—Caray, Manuel, ¿tan así es mi voz? Habérmelo dicho antes para convertirme en oradora en las reuniones de lectura o en las tertulias de las tardes.

—Pero siempre lo hace en las tertulias, su voz inunda la sala, también las emociones que afloran sin resistencia alguna en miradas llenas de amor, ternura y, por qué no, cargadas de libido que le da a uno deseos de libar más allá de cuatro copas de ajenjo o de vino francés de Puebla. Ja, ja, ja.

—Hablando de tertulias y de libar, recuerde que hoy, viernes, lo espero en la reunión que tenemos como cada primer viernes de mes en mi humilde casa que es suya también. Y quiero decirle que no esperaba que alguien me dijera tan bonito que mi voz es... agradable.

"Debo confesarle que creí que era demasiado débil. De niña me daba mucha pena e incluso mis amigas me hacían burla porque decían que tenía voz de secreto. Ja, ja."

—No piense eso, me llevo, además de su mirada, su voz en mi pensamiento como una bella melodía que habría que tararear todo el tiempo como no queriendo dejar de recordar sus labios todo el día y toda una tormentosa noche.

—Entonces, ¿mi voz es un tormento?

—¡No! Lo digo porque no tengo sus labios tan cerca. Eso es cruel para mi corazón y para mis tareas de medicina porque no se me acomodan las ideas de tanto pensarla a usted, mi dulce Rosario.

—Mmm, si no lo dejo concentrarse, ¿para qué piensa en mí? Mejor no lo veo más, así se olvida de mí y se concentra. No quiero que algún día, por no estudiar como debe, vaya a matar a un paciente —se persigna—. ¡Ni Dios lo quiera! Ja, ja, ja.

—Ja, ja, eso espero yo también. Pero créame, dulzura, que usted me inspira, me provoca más, me enaltece la pasión para con mis estudios y mucho más para lo que escribo. Quiero que se sienta orgullosa de mí.

—¡Ah! ¿No cree que va algo rápido como para pensar en que yo soy la afortunada que inspira a Manuel Acuña? Favor que me hace, porque usted escribe cosas tan bellas, algunas un tanto tristes, pero… no, corrijo, más que tristes, melancólicas. ¿Sufre usted alguna pena, Manuel?

—No, no en realidad —sorprendido Acuña le contesta—. Quizá lo de siempre, pero no hablemos de eso, sino de usted.

—Pero siempre usted habla de mí, me alaga, pero no sé de usted. Sabe, le debo confesar que usted me intriga, Manuel.

—¿Por qué, bella? ¿Soy tan enigmático o tan poco confiable que se duda de mí persona?

—No, yo no dije que dudara de usted, creo que quizá un poco, pero no dudo de su persona, usted es un ser humano muy sensible, amable, de buen corazón, honesto y muy comprometido con lo que hace. Me refiero a lo que usted me confiesa con sus poemas y con sus versos que, en cada frase que me regala, están inmersos. No sé si es verdad lo que expresa o sólo es un capricho suyo por conquistar a una mujer.

—Gracias por sus elocuentes y distinguidas palabras hacia mi persona. No sabe qué feliz me hace que me considere así. Aunque le debo aclarar que no soy quien la quiera conquistar para conseguir una caricia o más allá. Le confieso, es verdad, realmente la quiero conquistar, pero usted se ha incrustado tanto en mi emoción, en mi vida, en mí, en todo mi ser, en todo lo que hago, en todo lo que palpo, en todo lo que pienso, y si eso es el verdadero amor, entonces me confieso y le digo con todo el aliento que me provoca esta frase universal: ¡estoy enamorado de usted!

"Es lo que puedo decirle porque no puedo pensar con claridad por qué me embriagas toda tu. Tu cercanía, tus labios, tu cadencia al andar, tu pie pequeño y el sonido de su tacón al caminar. Amo hasta lo que me imagino que ha de hacer cuando no estoy con usted. Perdón si te llamo de tu o de usted, eso no importa cuando la pasión está sospechosa. Amo las horas que no la veo y aún más las que estoy frente a usted. Amo tus, sus, errores y tus imperfecciones. No porque no crea que es perfecta, lo es, pero debo pensar en un ser angelical en la tierra y no en un ángel que estuviese muy, pero muy lejano de lo terrenal. La prefiero terrestre que celestial, la prefiero vana que inalcanzable, la prefiero humana que diosa, la prefiero así tal cual es que pensarla diosa y lejana. Decirle perfecta es como amar su imperfección tal cual.

—Manuel, qué le puedo decir, es tan bello lo que me dice que le declaro que también lo prefiero así, tan natural, tan decidor de mí. Así, espontáneo. ¡Qué sublime es pensar poético en una noche de bohemia o de inspiración!

—Tu… usted me inspira en su cotidianidad. La postura inclemente de un verso para el reconocimiento; usted es más verso. Asimismo, tan clara y sencilla como un poema en su métrica excelsa. La prefiero prosa, natural, con su aroma me enaltece el pensamiento soez, tanto que la pienso en la esencia natural de su piel, suave, sin que medie fragancia artificial o tela fina que la roce. La pienso para mí, tan así que solo ya la he hecho mía en los deseos y en mis noches de locura. Tan me pertenece que no he pretendido conquistarla porque ya usted es toda mía. Ni Dios me la podrá separar, porque toda tú serás de este amante hasta la eternidad.

—Manuel —emocionada, a punto de llanto, lo abraza sin importar las miradas y las palabras de su madre—. ¿De verdad no me quieres conquistar? Eso ya no podrá ser— Acuña se queda perplejo, pero ella emocionada continúa—, ¡es verdad! — se separa de él y sin darse cuenta de que la chaperona ya está detrás de ella—. ¡No intentes más conquistarme!, ¡ya lo has logrado! Quiero que me veas, que me roces con tu mirada, que me hagas tuya en tus noches y en tus pensamientos, quiero que me sigas alagando y regalándome tu tierna mirada y el candor de tus palabras.

—Pero, vida mía, hoy me has hecho el hombre más feliz de este mundo. Dejo mi soledad por siempre y me consagraré en cuerpo y alma a tu presencia, a tu imagen, a tu recuerdo y a tu ser.

—Después de esas miradas de dos sinergias de pasión, con el aire juguetón, provocó en el pensamiento la frescura de la realidad y el calor de los cuerpos que vibraban en un fuego pasional que asustaba.

—Mi hermosa, sólo quiero entonces hablar con tu madre para que pueda visitarte en tu casa y no escondernos más.

Emocionado estaba, sin embargo, ese viento se haría más helado, por lo que Rosario estaba a punto de decirle, "Mi poeta, mi enamorado, mi cariño, no debemos precipitarnos, espera. Debo decirte que mi madre, sabes cómo es ella…"

—Dímelo, vida mía. ¿Qué pasa?

—Quiere que yo tenga amores con otra persona.

—¿Quién es?

—Espera, ya me tengo que ir, el lunes nos veremos aquí mismo. Tengo que irme o mi madre vendrá a buscarme.

—¡Espera!

La espera fue cruel. El lunes, nuevamente agazapado para lograr ver a su amada, Acuña no logra revivir quedando en un estado cataléptico viendo hacia la bella Alameda mientras las personas corren a resguardarse de la lluvia, no sin antes detener su curiosidad en el rostro salpicado de gotas de lluvia y de incertidumbre que muestra el poeta.

Su inanición no fue en vano, entre la lluvia que no era muy espesa, sino más bien gotas grandes y pesadas como si quisieran no estorbar en el sentimiento de dos que se quieren, vio la figura regordeta de la chaperona de su bella Rosario. Aun cuando le invadía la zozobra por no ver ese andar que lo volvía un ser instintivo antes que racional, se sobrepuso para ver, con curiosidad, cómo se acercaba la chaperona, tratando de descubrir atrás de su gran figura a su tierna amada.

No fue así, al verlo, la chaperona se le acercó y con una mueca más que una sonrisa le entregó una carta y huyó de la lluvia, gorda como ella.

Entendió, empapado y un poco contrariado, que no llegaría Rosario. Así, con su figura delgada y erguida, regresó a su habitación 13 de la Escuela de Medicina que no quedaba muy lejos de ahí.

Abrió la carta aún mojado y se recostó en su pequeño y hundido catre.

Mi querido Manuel,

Soy tu Rosario de Acuña, como algunos empezáis a murmurar y que a mí me hace sentir bien, segura, confiada, como se siente una mujer amada. Pero ese malicioso gesto de las bocas intencionales ha provocado el coraje de mi madre que no para de lanzarme sermones y letanías sobre ti y nuestro futuro incierto y lleno de vergüenzas por la pobreza. Pero eso sí, dice con ahínco, lleno de poemas y versos que espera que podamos degustar como un exquisito platillo, porque será lo único que comamos.

Yo le aclaro que exagera, que sólo me declaras tu amor y que lo he correspondido, sin embargo, ella se opone y me amenaza con llevarme a Puebla con mis tíos. Ya le expliqué y ella sabe que eres un joven prometedor, futuro médico y que además tenéis un gran futuro en las letras.

Y no es que sólo vea en ti eso corazón mío, pero habéis de comprender que tengo que darle alguna razón para que acepte mi relación contigo. Está empecinada en estos hombres ya maduros y que tienen cierta posición en la política y en los negocios, aun cuando también sabe que son literatos. Alude a que eso sólo es un entretenimiento, pero que son grandes hombres de la política con gran futuro, como Manuel María Flores.

Pero no tengáis celos, por favor, sólo debéis darle tiempo a mi madre para aceptar la relación. Mientras, voy a mandar a la chaperona para que me contestéis la misma que estáis leyendo.

Mi querido Manuel, sí me gustaría que pudierais contestarme y sobre todo que entendierais un poco la situación y que tengáis a bien el tener un poco de paciencia.

Te escribe

tu Rosario… de Acuña

P.D. Hoy, en este día 6, se cumple un mes de aquel beso que me robasteis en la oscuridad de mi zaguán, de aquella tertulia sobre la que has prometido escribirme un poema que sea mío, por mí y para mí. ¿Lo recuerdas, mi Acuña, mi Poeta?

Acuña se levantó sin reconocer el maremágnum de emociones que experimentaba, unas contrarias a otras.

Como todo buen poeta, las emociones, que para alguien común pudieran ser algo muy simple, él las magnificaba y las vivía intensamente. Pensaba si eso era el fin de su amor con su Rosario, o sólo era que Dios ponía a prueba ese amor como lo había hecho ya a lo largo de la historia.

Se refugió en sus libros de medicina, quizá sólo por culpabilidad por la irregularidad en sus clases, cumpliendo con sus deberes como discente.

Al terminar se dirige a Santo Domingo donde lo esperan sus fieles amigos, el casi párvulo Juan de Dios (Peza) y Agustín (F. Cuenca), futuros poetas consagrados, ahora insipientes en la pasión de la escritura y admiradores de su gran amigo Acuña que, a pesar de su juventud, desborda talento en cada una de sus obras.

Ansioso, y hambriento también, Acuña se encuentra con sus amigos a los que espera para descargar la frustración y las dudas que tiene sobre lo que sucede con su amor.

—Te ves como molesto, mi querido amigo.

—¿Ahora qué no te dejo dormir, la Soledad?

—No digas eso tan fuerte, que podría escucharte mi conciencia y mi crianza cristiana, amigo Juan.

—Sí, Juanito, no lo atormentes porque no es tan sencillo hacer a un lado la moral cuando el cuerpo te pide desahogo en un vientre cálido, firme y de buena proporción como el de una viuda. ¿No es así, mi querido Manuel?

—Qué sé yo de viudas y de deseos reprimidos, estimado Agustín, sólo sé que mi instinto se desborda al ver a Cholita tan apiñonada, tan fogosa y deseosa. Además de esos atributos, la gran nobleza que demuestra cuando de vez en vez me trae algunos víveres que bien me pide mi estomago como en este instante, compañeros.

—Pero, ¿y Rosario, Manuelito? ¿No piensas en ella cuando copulas con Cholita?

—No se trata de eso, Juanito, al contrario, pienso más en ella. Pero la pasión carnal e inmoral que me provoca esa mujer es locura de instinto mas no de raciocinio y mucho menos sentimental. Su experiencia en esas huestes y su "no está de mal ver": cualquiera sucumbe a su ser primitivo.

"Saben, caballeros, que en esta época de escombros de guerra existen una variedad de mujeres como ella, jóvenes que al quedar viudas por las malditas batallas, y sin hijos, ya no pueden tan fácil tener una relación como una doncella o como una soltera hija de familia. Y aclaro que no estoy diciendo que le hago un favor, ya vi sus intenciones de decirlo con sus miradas suspicaces. Pero la verdad, amigos míos y hermanos, debo confesar que cuando mi placer alcanza lo más intenso de lo amoral, mi alma se siente sucia y enferma. Por supuesto que siento un terrible remordimiento y más me acuerdo de mi amada Rosario, es cuando más vivo hasta lo emotivo, me atormenta su imagen que se me clava en el estómago y mi vientre se percibe sucio y permisivo.

"Sé que hago mal, pero no puedo evitarlo. Entonces, y en ese instante, siento un total rechazo al sudor de Cholita. El sudor que, mezclando la pobreza con el olor del humo, impregnado del carbón de la parrilla de piedra y ese jabón hecho en casa con hiervas de menta y albaca, me aleja de su cuerpo aún caliente, desnudo y tembloroso que invita a seguir dentro de ella. Sí, el mismo remordimiento es lo que me lo impide, como si fuera una descarga de emociones contrarias a mi ser. Siento asco contra ese deseo impuro. Me reconozco grotesco".

—Sí, claro, hasta que la vuelves a ver, Manuelito. Ja, ja —bromea Juan de Dios.

—En efecto, mi cuerpo es débil y no quisiera, pero el deseo me carcome. Qué daría yo... quizá la vida misma por encender esa pasión, pero en el cuerpo de mi Rosario.

—Por cierto, estoy contrariado porque no la he visto en una semana.

—¿Qué ha sucedido, Acuña? —serio Agustín.

—Su madre, que no acepta lo nuestro. Y eso no es lo que puede ser tan preocupante, lo que me mantiene en un sentimiento de enojo y celos es que la madre quiere a Manuel M. Flores como yerno.

—¡Pero cómo! ¡Ya es un hombre mayor! Y por lo que hemos sabido, y visto, no goza de tan buena salud a consecuencia del encierro en una cárcel de Veracruz por la guerra —comenta Agustín.

—Ah, pero, ¡cómo es eso! No se les olvide que también se enfermó por las relaciones que tuvo con muchas mujeres casquivanas y otras de la vida galante por allá, por aquellos rumbos de conflicto y guerra —Juan argumenta.

—Eso no lo ha de saber la suegra, o la misma Rosario, seguro. Mira, tú, Manuelito, en comparación con Flores, quién sabe con cuantas no se revolcó, y tú sólo tienes intimidad con una y es, digamos, "decente" y limpia. Aunque pienses en otra —Agustín, con risa sarcástica, alude.

—¡Oye, Agustín, no seas tan mordaz, hombre!

—Está bien, Juanito, aquí nuestro amigo tiene rezón. Ya sabes, con su humor negro y sarcástico, pero sí, es una realidad. Como están las cosas, no tengo recursos para contratar a una verdadera cortesana y tampoco mi estomago se puede dar el lujo de despreciar las ricas viandas que me lleva. Por cierto, hablando de hambre, Juanito, hazte un verso para vender a un bachiller, para sacar para nuestro primer y quizá único alimento del día.

El Nocturno...

En un momento de calma, solo, ya en su cuarto, pensaba cómo responder la carta que su Rosario, la de él, la de Acuña, le había mandado. Pensó en contestarle que sí, un sí apasionado, y decirle que esperaría aun sin paciencia, pero lo hará. También pensaba en hacerle mejor un reproche por dejarlo con esa incertidumbre que carcome el pensamiento y destruye el alma. No, sería mejor hacerle un poema en cada carta que le mandase. *No, le prometí un poema para ella y sólo por ella. Pero quizá querrá uno en cada carta, y no porque mi corazón no pueda entregarle un pedazo de mi alma en cada poema, pero...* pensaba el poeta.

Acuña caviló que mejor sería el símbolo de su gran pasión, dedicarle un poema para que lo atesorara por siempre y que juntos, en momentos sublimes de su vida, pudieran leérselo el uno al otro. Tendría que ser uno que representara todo su amor y su vida.

La historia se lo concedió, aunque no precisamente como él lo deseo, comenzó en cada carta, entonces, a escribirle un fragmento de un solo poema que llamaría "Nocturno a Rosario".

Mi amor pulcro de inusitadas noches de desvelo,

Me hinco ante ti para ofrendar mi devoción por tu virginal presencia que avasalla, como la morena del Tepeyac, mi alma y mi ser perdido en tu sola presencia. La desdicha de la circunstancia que te aqueja y que has tenido a bien comunicarme en tu carta, misma que atesoro cerca del alma mía y que jamás se desprenderá del sitio donde guardo mi corazón para ti; tu amor declarado en ella, a pesar de tus tribulaciones, será tu misiva protectora contra quien ose de buena o mala voluntad querer desprenderme de ti y de tu mirada diáfana que penetra en lo más hondo de mi tristeza.

No he de reprochar nada absolutamente con saberme preferido por tu hermoso corazón, me es suficiente para embelesarte al cielo y, con plegarias, ofrendarte como una oración mi vida. Sé que no es suficiente, quizá, para decirte que no importa, vida mía, el tiempo que habré de esperarte con tanta ansiedad que hiere. Verte nuevamente y estar cerca de ti se ha convertido en la desesperación más hermosa que pudiese armonizar. Sin embargo, las cartas que no dejaré de escribirte cada día, para penetrar tu alma y poner en calma mis pensamientos, serán el vínculo del espacio y tiempo con la gloria de tenerte en mis paupérrimos brazos.

Te extrañaré como una madre a su hijo o como yo a la mía, ¡más aún!, pero seré fuerte y mientras tanto ya conoceréis del poema que me has pedido y que has de tener por siempre como a mi alma y mi ser.

Que tu sueño evoque nuestra pasión y que mi espíritu de andante encuentre por fin sosiego y rumbo hacia tus aposentos. Plasmaré con un beso en tu frente todo lo que te amo, pero también lo que con fuerzas te espero.

Ocúltame en tus oraciones y que al pie de tu cama y en presencia de la Guadalupana y de cristo mi Dios te proclames ante mí y para mí. Que sea una buena noche, amor de mi vida.

Tu Manuel... de Rosario

P.D. Te he prometido un poema sólo para ti, y he decidido, amor de mi alma, entregarte poco a poco ese poema, así cuando ya podamos vernos y no ocultar nuestro amor seguro estará completo para ti y para quien quieras, si es tu deseo o si prefieres guardarlo en lo más profundo de tu ser para recordarlo cuando estemos por fin juntos en la eternidad.

Aquí está la primera parte:

Pues bien, yo necesito
decirte que te adoro,

decirte que te quiero
con todo el corazón;

Laura Cuenca, la aparición

Un año antes conoce a su verdadera pasión y el principal motivo de su muerte: Laura Méndez Letfor.

Un año antes, por ahí del mes de febrero de 1873, se dio el encuentro que, al correr el tiempo, fuera probablemente una de las causas del fatídico suicidio del poeta y el nacimiento a la vida pública literaria de ella, la dulce Laura Méndez, quien más adelante sería conocida como Laura Cuenca. Relación provocadora e instigadora de la trágica muerte.

Esta relación Acuña-Méndez hasta nuestros días permanece enterrada en el oscurantismo literario. Sólo ellos supieron en verdad la intensidad de sus pasiones y lo que llevó a tomar drásticas decisiones siendo tan jóvenes. Este amor fue más intenso, arrebatado, incómodo para algunos del medio literario. Clandestino, apasionado, pero que no enaltecía la intriga y el morbo, como la relación que ostentaba un amor imposible y lucrativo en toda la capital de ese México; la relación amorosa de Acuña y Rosario.

Acuña y Rosario fueron el gran escape para la verdadera pasión y el gran amor de Acuña, Laura Méndez Letfor.

El mundo literario de fines del siglo XIX, específicamente en la Ciudad de México, encontraban un espacio para mostrar lo más profundo de su ser a través de la poesía. Este espacio sólo era para hombres. No importaba quién prestara su casa para esas famosas tertulias, que en muchos casos eran en la casa de la bella Rosario de la Peña. En otras ocasiones donde les tomara la noche y el ajenjo, aquellas que pretendían mezclarse con estos hombres y ser considerada poetiza, como Laura, no encontraban apoyo y menos patrocinios. Casi como un ritual, entraban a una casa de clase media los hombres de emociones más recalcitrantes, pero, como todo, apasionados, dejaban su lado abstracto, relativo y subjetivo a la pasión absurda, pero de gran emoción como la poesía. No eran hombres prominentes, sólo insipientes de pasiones carnales y sin propiedad, creían que no pensar en el reconocimiento era ser libre de ataduras convencionales; no caer en la vanagloria era ser intenso en su más hondo ser; dejar al descubierto a uno mismo implica no servir a una fabricación social del mismo ser. Ellos sólo fueron eso, seres cuya pasión encontraban en la fuerza de las letras que estimulaban la emoción y esta misma estimulaba el querer ser libre a través de la palabra. Escribir enaltece al espíritu y al amor, correspondido o no. Insistían que dejar lo banal es no pensar en la adulación sino en la satisfacción propia de mostrar el pecho abierto por un sentimiento auténtico libre y sin ataduras. ¡Peligro!, la pasión, como los instintos, no procura la moral ni las buenas costumbres, pues con frecuencia es arrebatada y en ocasiones impertinente. "Pero qué hay de ella, de la impertinencia", decían. "Hace lucir al poema de sentimiento honesto, libre y sin recato".

Ellos, algunos libres, otros no tanto, cuya belleza era sus palabras juntas, vinculadas, y tan ciertas, iban entrando, regocijándose del momento esperado y olvidando el cansancio de la rutinaria vida de avasalle; Martí, con su característica mordaz pero sincera, dicharachero y alegre, pero en ocasiones impertinente y más aún con dos tragos de un buen ajenjo. Porque, para coñac, sólo cuando el contrabando de Altamirano y de Prieto lo permitían. Hombres prominentes de buena posición social, bien ganada, por supuesto. Liberales mexicanos hechos a sangre y fuego en defensa de sus ideales contra invasores y desleales; su reconocimiento los hacía poseedores también, en esos momentos, del recurso para poder dotar a esas reuniones de vinos y licores de más prestigio.

Llegaban Juan de Dios, Agustín Cuenca y una mujer cándida. Laura. Era la primera vez que se veía a otra mujer en esas tertulias además de la bella, Rosario. Se jugaban su amor en la belleza de sus versos, nadie fue mejor que nadie porque no fueron correspondidos, pero se le agradece a Rosario de la Peña por dejar que Martí se enamorara y nos regalara versos dedicados a su persona. Martí, admirador de México que veía en los ojos negros la belleza latina, amante de la libertad que pensó que era tanto amor e idolatría a Rosario, que en un momento pensó que estaba siendo presa de sus sentidos perturbadores de la razón, decidió amar a Rosario abiertamente con procacidad cubana para no pretender más que suspiros y tomar distancia de por medio para no ser infiel a su ideología pragmática.

La inmensurable belleza de Laura

Entró una criatura hermosa, menuda, con pelo moderno, corto hasta no más allá del corto cuello, de tono claro, igual que su tez; labios inolvidables y de voz algo grave, penetrante, que no se rompe ni con la fuerza de una pasión, sólo en tu imaginario libido infeliz y sin recato.

Sin que nadie supiera, esa bella criatura, que respondía al nombre de Laura, encontró la forma de ser invitada a esas tardes de poesía y ajenjo, debates amistosos y declamación en su mayoría de amor. La niña hermosa, rubia, encontró en Guillermo Prieto, director del Instituto de Enseñanza, un vehículo para entrar al mundo de la generación literaria casi perdida, pero esplendorosa, de fines del siglo XIX.

Esta dulce joven tenía una inquietud y un deseo: conocer a aquel joven ya famoso por sus poemas y su producción literaria; quería conocer al famoso Manuel Acuña. Por supuesto, él no lo sabía y no se imaginaba el impacto que el deseo de una futura poetisa, insipiente e incógnita en ese momento, traería a la vida de Acuña.

Juanito se adelantó y saludó muy familiarmente a Laura, la candorosa. Hablaron unas cuantas palabras y voltearon a ver a Manuel Acuña, que caminaba lentamente para no encontrarse con Prieto y su inseparable amigo el Nigromante, aunque deseaba saludar a Altamirano, que en esa ocasión honraba estas tertulias con la gran visita de grandes literatos. Era a todas luces también una visita diplomática, todo era política para estos grandes que participaron por la liberación de la patria de invasores y de conservadores recalcitrantes y retrogradas que promovían el regreso a la colonia virreinal. Sin embargo, sus pasiones pretendían liberarlos de sus instintos y de sus emociones encontradas como de cualquier poeta presa de sus sentidos.

Esos sentidos se desquebrajan cuando se inundan o se hacen presa de las necesidades corporales como el reconocimiento, la lujuria, la envidia. Así, estos hombres incesantemente pasionales se conflictuaban unos con otros. Tal era el caso de Prieto con Acuña, cuya rivalidad era desafortunada para Adolfo Prieto, porque Acuña sólo era un joven de veintitrés años que se estaba abriendo camino como un gran literato y dramaturgo, y ya causaba pasiones en su contra por ser exitoso y tan joven. Pero había un rechazo por aquellos con experiencia en la lucha por defender a la patria de mancilladores, de conservadores reales y de aparentes liberales católicos que resultaban ser más conservadores que los propios. La envidia se dejaba observar en sus reproches. ¡Cómo, ese joven sin personalidad y taimado, podía escribir tan bello sin haber tomado un fusil o haber participado en la lucha armada e ideológica de su país contra el invasor! Entre estos estaban el Nigromante y Prieto, hombres maduros que habían peleado física e ideológicamente en defensa de la patria liberal. Sin razón, Acuña, para ellos, era un oportunista sin ninguna ideología.

Esta rivalidad llevaría, sobre todo al muy joven poeta Acuña, a la toma de decisiones fuertes y trascendentales

El presagio

—Ven, Manuelito, te voy a presentar a esta hermosa que tiene como bello nombre Laura. Laura Méndez Lefort —emocionado, Juanito presentó a los dos jóvenes que serían una gran promesa para la literatura latinoamericana en esos instantes.

Acuña, al ver los ojos miel de aquella suave piel, terso rostro blanco y regocijante sonrisa, se inclinó para besar su perfumada mano, no sin antes sentir en esa mirada diáfana la dulzura y pasión que no encontraba en la mirada profunda y tierna de Rosario. Un estremecimiento y una emoción le oprimieron el estómago vacío. Para ella no fue diferente, al ver tan cerca a su poeta preferido no mostró ningún obstáculo a su emoción y se le iluminaron los ojos y la sonrisa, extasiada sin cautela, por el encuentro que tanta ansia le provocó durante el día.

—Buenas tardes, dulce dama, mi nombre es Agustín Cuenca, para servirle. A sus pies —Agustín se sintió desplazado por sus amigos, pero sumamente atraído por esa belleza.

—Ah, ¿cómo está? —haciendo solamente una caravana fugaz le contestó al larguirucho de Agustín.

Un día normal de primavera, en la bella Ciudad de México, la ciudad de los palacios, como también se le conocía, la exquisita Laura, en un encuentro con los tres amigos, tomó del brazo a Juan y a Manuel y se dirigieron al interior de esa casa donde vivía precisamente esta dulce dama ahí por las calles de Tacuba.

Lo mismo que Rosario, no con el afán de competirle sino de ser reconocida como parte del gremio literario, realizó tertulias en su casa para aprovechar la riqueza de la producción de esos poetas y escritores del momento que no tenían muchos lugares de encuentro para poder convivir, libar y declamar sus obras más recientes todos juntos. Aprovechaban también la hospitalidad, el buen vino y sobre todo la buena comida que las anfitrionas ofrecían. Hombres de poesía, no sólo saciaban su vanidad con lo lúdico de sus eventos, mostrando franca competencia, declamando sus obras, poniéndolas a consideración del quorum para saber cuál de ellas era mejor, también, y por qué no, aprovechaban para sincerarse en alguna que otra catarsis. Esas reuniones eran un gran pretexto para tomar un buen ajenjo y, sobre todo, comer un buen bocado. A la mayoría de ellos les resultaba bien por su condición de pobres.

En cambio, había quien tenía una posición en el Congreso o en una de las instituciones del gobierno liberal de Juárez, como Altamirano, Flores, Prieto, el mismo Ignacio Ramírez el Nigromante, etcétera, ellos combinaban su vida política y pública con la escritura y la poesía. Aunque estos, por su misma actividad, no siempre honraban con su presencia en cada una de las tertulias que se organizaban en casa de Rosario o, de la más recientes, en casa de Laura. El caso de Altamirano era el más notorio, ya que por sus múltiples compromisos con el Estado y con la prensa eran escasas sus visitas, aunque él era el promotor de dicha generación de literatos.

Una de esas tan nombradas tertulias hasta altas horas de la noche transcurrió sin sobresaltos, sin que ningún poeta se exaltara o ingiriera alcohol en grado alto e hiciera un escándalo o un desfiguro por alguna pasión contenida o desbordada. Sin embargo, sí eran presa de bajos instintos como los celos enfermizos que le provocaba Manuel Acuña al gran Adolfo Prieto. No sólo por la rivalidad literaria que ya era conocida, sino también por el acercamiento constante que tenía Acuña con Laura. Prieto lo veía con odio y frustración, y a ella como depredador a su presa. Era muy sabido que Prieto tenía cierta pasión por las jóvenes que enamoraba por su gran elocuencia, fama y su posición como profesor y directivo de la Academia de Artes y Oficios. Laura era recién ingresada, además de su alumna de historia, y se quedó prendido de ella desde el momento que la conoció en este lugar de enseñanza. Tan joven, hermosa y de un andar que deja la imaginación líquida en tela de juicio.

Al salir al portón, Acuña y Laura, coincidieron con Prieto y Ramírez, fiel amigo e inseparable de don Guillermo.

—¡Cuidado, que no vaya a resbalar y se le vaya a caer su teatrito! —don Ignacio Ramírez dijo dirigiéndose hacia Acuña.

—No se preocupe que si caigo será en manos de esta belleza que es muy, pero muy joven para estas ¡lozas viejas que ya están obsoletas! ¿No cree, don Ignacio? —contestó sarcásticamente y en doble sentido, viendo a Prieto y a Ramírez.

El Nigromante, impulsivo siempre, se quiso abalanzar sobre Acuña, pero Prieto lo detuvo tomándolo de la manga de su chaquetín.

—Mire, Acuña, yo soy directo, y déjeme pedirle que no se atreva a engañar a esta dulce dama porque, además de haberle ofrecido mi amistad, es mi alumna, y como tal la defendería de lo que sea. ¡Sólo eso le digo para que lo piense!

—Le agradezco, don Guillermo, pero si hablamos de engaño, pues sí que hay que pensarlo, ¿no cree usted? Sé qué es viudo, y lleve mi pésame en mi locución, pero sé también de su amada Clotilde, quizás debo decir que es casi su señora esposa, por el compromiso adquirido y divulgado por ahí y a la que merece todo mi respeto. Me pregunto, mi señor, ¿está enterada de cómo usted "protege" a sus alumnas, como es muy conocido?

Había mucho odio en los puños de Ramírez y un fuego en los ojos de Prieto, tanto que en un momento esto terminaría mal.

—¡Muchas gracias por haber venido, don Guillermo, y usted, don Ignacio! ¡Aquí tienen su casa cuando ustedes quieran venir, sin invitación, a las tertulias que seguro habremos de hacer más mi hermana y yo! —interrumpió con mucho tacto Laura en la situación tensa entre Guillermo y Acuña.

—Con gusto, y la veré en clase el día de mañana. Buenas noches —inclinando su sombreo se despidió únicamente de Laura.

Dejaron la casa que habitaban las hermanas con su madre enferma por rumbo al sur de la ciudad, por allá en el Puente de Pardo, donde hoy empieza el eje Lázaro Cárdenas, antes calle del Niño Perdido.

Agustín, en el desaguisado entre Acuña y Prieto, se quedó un poco atrás, sin demostrar intención de defender a su amigo como lo hacía Juan de Dios, quien no se apartó de Acuña en ningún momento y se le veía dispuesto a lo que fuera. Don Ignacio Ramírez no podía ocultar su animadversión hacia Acuña y sus compañeros.

—¡Manuelito, hay que tener cuidado! Son muy influyentes y, sobre todo, hay que cuidarse de Don Ignacio, ¡ya ves que tiene fama de atrabancado e impulsivo! —le dijo Juan a Acuña.

—No te apures, mi buen amigo, que mientras tenga amigos como ustedes nada sé que me pasará —dio una palmada en el hombro de Juan y una mirada a Agustín, que bajó la mirada.

—Perdón, mi hermosa Laura, por el desatino, pero, ya ves, ellos empezaron y no sé por qué.

—Sí, lo vi, Manuel. Se nota que te tienen tirria y muy enconada, ¿por qué? —preguntó Laura.

—No lo sé, siempre en sus críticas Prieto ha sido muy frio e incluso hasta mordaz para con mis obras. No tengo la culpa de haber nacido muchos años después que ellos y no haber ido a defender, con las armas, la libertad de la patria —lo dijo con un dejo de angustia.

—¡Ah, pero y eso qué tiene que ver! Las generaciones pasan y no por ello todos tienen que vivir lo mismo. Vean a don Altamirano, nos trata bien y hasta nos apoya —comentó por fin algo Agustín.

—Ya nos vamos, ¿verdad, Agustín? —comentó con esa picardía de la juventud Juanito a Agustín.

No le agradó mucho porque la intención del casi puberto era dejar a Manuel solo con Laura.

Ya solos en el portón de la casa de Laura, se encontraron por fin sus miradas.

—¿Cuándo me vas a enseñar a escribir tan bonito como tú, Manuel? Sí te puedo hablar de "tu", ¿verdad?

—¡Claro, por favor! No faltaba más. ¿Y yo a ti también? —frunciendo el ceño, como era característico en Acuña.

—Sabes que sí —sin que Acuña lo esperara se acercó la dulce Laura y le dio un beso en la mejilla fría y estirada.

—Perdón, quizá no estuvo bien hacerlo —sonrojada bajó la mirada en señal de pena, pero también de capricho y de intenciones ataviadas.

—No. Sí. Perdón, no sé qué decir. Por mi está bien. No lo esperaba, pero fue un maravilloso gesto, justo como eres: hermosa y fuera de lo cotidiano. Me encantas —ahora Acuña se sonrojaba—. Es lo que me provocas cuando estás cerca y huelo tu perfume y tu esencia.

—Pero si no traigo perfume, sólo es el aroma a flores del agua con la que me baño.

—Sí, por supuesto. Me hiciste sonrojar más.

—¡Es verdad! Cuando me baño, el agua de flores la derramo de mi cabeza a mis pies —simulando con su mano la caída del rocío por entre sus pechos y su vientre.

Imaginar ese roce y el camino del rocío hizo que Acuña más se sonrojara y que se le doblaran hasta los pensamientos.

—¡Qué cosas dices y haces! Eres muy directa y te confieso que me alteras los sentidos.

—Ah sí, ¿y cómo podría yo hacer eso? ¡Explícame!

—No tienes idea.

Se hizo un silencio y la alcoba fue testigo del olor a rosas, sudor y sexo. Acuña, como felino, saltó hacia donde estaba su chaquetín y de él sacó un papel y una pequeña tiza. Empezó a escribir mientras la pequeña Laura, recostada y apoyada en su codo izquierdo, con sus grandes senos retocados por sus hermosos pezones, erectos y de un tenue color rosa como las flores que adornaban la mesa, redondeados y firmes, sin ningún recato observaba lo que escribía Acuña.

<Apareces de la nada y sin moderación. Cómo te atreves a posarte en mi calma cotidiana alterando el universo con tus labios. Debes ser un demonio venido al castigo de mi alma por sucumbir. Entrometida de mi alma y burlona del amor profesado, duda que incitas y amor prometido que lastimas.

Me alteras, *belle petite*. Decido que seas mi fuego. Eres calidez en cuerpo húmedo. Harta firmeza en tanta suavidad de piel. Me enerva, me proyecta. Acecha la pasión contenida de tocarte desnuda, diáfana y voluntariosa. MA>

Manuel Acuña amaneció hecho una confusión. Por una parte, la hermosa y enigmática Rosario, y por otro sendero, la bella y apasionada Laura. Aun cuando llevaba amando a Rosario ya un tiempo atrás, la candidez aparente de Laura se le metió directamente en la libido y en su pensamiento.

Con Laura su relación era más jovial y libre de convencionalismos, era más como amiga, pero con una atracción irremediable e irrenunciable; con Rosario era de etiqueta y de un conservadurismo tradicional. Pero al fin, las podía amar a las dos porque complementaban su ser. Pensaba que el amor era tan libre que no tenía moral ni prejuicios, sólo es amor: la pasión puede entregarse en un acto amoral, es instinto, es temperamento. *Qué contrariedad*, pensaba el poeta tratando de justificar sus actos. *El sexo sí tiene moral y es un acto ético*, se dijo a sí mismo.

Cuando lo hacía con Chole, sentía remordimiento por considerarlo inmoral, pero era justificable con su instinto y su soledad. Su mentira era que no había daño por no haber engaño al no ofrecerle amor. Sin embargo, en su incongruencia, el saber que amaba a dos seres hermosos, Laura y Rosario, su soledad era con lo que lo justificaba, con la satisfacción que le provocaba ese balance que le regalaban las dos. Se asistían una a otra para el regocijo de su alma. Pensaba que entonces el sexo es moral en cuanto se realiza con quien debe ser, y en el amor no importa el ser, sino cómo se complementa al otro, no importando quién.

Se sentía abrumado, pero con la gran felicidad que le provocaba la satisfacción de tenerlas a las tres.

LA VENGANZA

—Esa muchachita se me ha incrustado en la cabeza, Ignacio —le decía Guillermo Prieto al Nigromante.

—Y qué piensa hacer, si ese desaliñado la tiene muy atorada en su labia. No sé qué le ven a ese flaco encorvado. Ya ve, la señorita Rosario tiene un *que ver* con ese endino.

—Sí, pero hoy sí se metió conmigo y yo no soy hombre de rodeos. Se propasó y ahora tendrá que vérselas con mi maligno. Ese insulto que me hizo delante de Laurita no se lo voy a perdonar. Te voy a pedir de favor, Ignacio, que mandes a alguien para que lo siga e investigue qué hace y con quién se ve. Voy a aprovechar la amistad que me brinda la madre de Rosario para comentarle muy sutilmente lo que hace este tipo. No es de su agrado por pobretón y sin futuro. ¡Ya se le apareció el demonio a este desdichado! —exclamó Prieto en un tono muy agresivo.

—Dirá, mejor, ya se le apareció el Nigromante, Don Guillermo. Se rieron por la trama que habían armado en contra del joven Manuel Acuña cuyo pecado era ese: el ser joven, no medir sus actos y en consecuencia ser presa de sus emociones.

En la casa de Rosario, su madre y la gran musa tenían una plática sobre los deseos de la familia y del futuro. A la madre obviamente no le gustaba la relación que tenía de amistad con Acuña.

—¿Por qué, habiendo tantos caballeros importantes y de gran reconocimiento, te puedes fijar en un muchachito que no tiene sobre qué caerse muerto, Rosario?

—Pero, ¡qué tiene de malo, madre! Es joven, sí, pero con futuro; está estudiando medicina y además es un poeta con gran talento.

—Qué va a ser, niña, caray. Que haya escrito algunas cosas, que no dudo que sean más o menos buenas, no significa que pueda forjarse todo un futuro en eso, y menos con seguridad económica.

—¡Pero estudia medicina!

—No te creas, yo supe por ahí que ni entra a sus deberes en la universidad por andar de francachelas, escribiendo tonterías, desvelándose en bohemias. ¡Ese ni terminará la carrera! ¡Rosario, comprende!

—Eso es mentira, claro que tiene que también ganarse la vida en algo, y de lo que escribe en los diarios y otras cosas se gana un dinero.

—¿A eso le llamas ganarse la vida? ¡Pobretón que no gana ni para comprarse ropa y zapatos, siempre anda desaliñado!

—Pero entiende, madre, que así es la vida de un estudiante. Y en cuanto a su obra, ya es reconocida, y en un futuro será uno de los grandes poetas y además dramaturgo de México y de Latinoamérica.

—¡Mira tú! Eso te crees de ese tipejo sin oficio ni beneficio. Deja ya de hacerle caso y mejor pon los ojos en otros que vienen a las tertulias. Por eso las hacemos, para que te roces con los hombres importantes del momento y que te puedas conseguir un esposo que te de seguridad económica y un buen nombre.

—Las tertulias no son para mostrarme o comprarme. Mi hermana y yo las hacemos porque nos gusta todo lo que aquí se declama y se conoce antes de que sea publicado. Si yo tuviera la oportunidad que ellos tienen, ya estaría escribiendo versos y poemas.

—¡Ay niña, sueñas! Además, tú eres una mujer, una señorita, qué vas a estar escribiendo ni qué escribiendo. Ya con leer esos libros y eso que escriben date de santos que te dejo hacerlo, tu deber es aprender las cosas del hogar para ser una buena esposa y madre. Ya cuando seas madre me vas a entender, niña caprichosa.

—No es capricho, madre, usted lo sabe. ¡Cómo puede decir eso, hasta usted me ha dicho que lo importante es el amor!

—Bueno, sí, pero el amor no está peleado con la seguridad económica y social, Rosario. ¡Ya no quiero más hablar de eso! Está avisada, muchacha tonta, ¡vas dejando de ver a ese mamarracho paria de una vez!

Rosario, casi en el llanto, se dirigió a su recamara para ya no seguir escuchando a su madre que tenía la fuerte intención de hacer compromiso de matrimonio con alguien que ella no desearía.

La madre, confabulada con la chaperona de Rosario, le ordenó que todo lo que ella viera, en sus pases, se lo comunicara. También le pidió que mandara a llamar a don Guillermo Prieto, ya que escuchó que era viudo, con buena posición y que a su cuenta se añadía que tenía una animadversión hacia el tal Manuel Acuña.

El principio del fin

La madre de Rosario recibió en su casa a Prieto después de varias cancelaciones por la agenda ocupada de este. A solas, pero con las puertas y ventanas de par en par, ya que era viuda, lo mismo que Guillermo Prieto. Cuidaba su reputación, para que no hubiese malentendidos en ello. Sin embargo, el acompañante de siempre de ilustre hombre, Ignacio Ramírez el Nigromante, pseudónimo que usaba en sus publicaciones, se quedó en la entrada de la casa fumando una pipa, como vigía del encuentro.

Se maquina el complot. Resultado: la muerte.

—¡Ramírez!

—¿Qué pasa, Guillermo? —acude a su oficina el literato.

—Tenemos la oportunidad de quitarle lo altanero a ese tal Acuña. La madre de Rosario está con nosotros, dispuesta a hacer los suyo con su hija para quitarle de encima a ese debilucho poeta. Necesito que pongas a alguien de tu confianza para que lo siga.

—Conozco a gente de poca monta y calaña para que se encargue.

—¡No, Ramírez!, ¡eso no! Alguien se podría dar cuenta y más sus compañeros, sabes que luego no se le despegan. Mejor sería alguien del medio, escritor, poeta, de tu confianza, que se pueda mezclar si es necesario y estar cerca de ese vago sin que se note que lo está vigilando.

—De acuerdo. Y sé quién puede ser. Le diré a Juan. Juan Mateos. Tampoco es muy de su agrado el flaco. Si le apoyas con sus obras en alguna publicación, con gusto lo entretenemos en ello.

—Perfecto, manos a la obra y que te informe todo, ¡pero a detalle! Ya verás que vamos a desenmascarar a este tipo porque ya sé, me ha llegado el rumor de que tiene amoríos por ahí. Eso le servirá mucho a la madre de Rosario.

—Además tiene alguna relación con la niña Laura que le gusta tanto a usted.

—¡Sí, Ramírez! ¡No hace falta que me lo recuerdes! Mucho menos que lo digas a los cuatro vientos, que alguien te puede escuchar. Ese ángel será de mi capilla, mi estimado amigo, pero todo en silencio y sin aspavientos.

"Otra cosa, te voy a suplicar que mandes a buscar a Manuel Flores, dile que quiero hablar con él. Es quien me comentó la señora de de la Peña que le gustaría para su hija. Flores va a las tertulias frecuentemente, tiene buena reputación y es conocido por su trabajo político y literario. Aunque es un tanto soez en su prosa, logra ser bien aceptado y gustar a aquellos sumamente liberales. ¡Ah!, "jóvenes liberales", me recuerda mucho a cuando éramos jóvenes idealistas y arrojados, Ignacio".

—Sí, y en la defensa de los ideales nos forjamos ¿Y ahora qué pasa con los muchachitos irreverentes? En cuanto a Flores, dicen que está muy enfermo, que pescó por ahí una enfermedad cuando andaba en la lucha.

—No lo sé, pero es el que me recomendó la señora de de la Peña y pues a ese habría que ver si le interesa a Rosario; creo que sí, ya ves que es una mujer que parece pila de agua bendita donde todos los poetas se quieren mojar. Flores no debe ser la excepción.

—¿Por qué tú no, Guillermo? La Rosario tiene formas muy atractivas que incitan. Alta y atractiva, no es bonita y angelical como Laura, pero es guapa además de ser culta y preparada.

—Lo sé, pero darás cuenta de que estoy encaprichado con el encanto de Laura. Y sí, te confieso que la madre de Rosario me insinuó también que cortejara a su hija, pero prefiero no. Mejor comprometido quede con ella para ayudarle con lo que ya sabes.

Acuña llegó con Laura por el sur de la ciudad donde ya lo esperaba la *belle petite*.

—¿Cómo ves el cuarto donde vivo, Manuelito? Gracias a ti.

—No fue nada, la portera me agradece porque le ausculté a su hijo, le di un medicamento que me traje de la Escuela de Medicina y se alivió. Ya no estarás más lejos y podrás ir más cómoda a las tertulias que Rosario hace todos los viernes.

—Si, pero, ¿y qué pasara con las mías, las que hacía con mi hermana?

—Las seguirás haciendo, *belle petite* —mi pequeña hermosa, así siempre le dijo amorosamente Manuel Acuña a Laura Méndez.

—Perdón que sea tan insistente y quizá tan necia, pero cómo voy a pagar esta renta si con esfuerzos y con los vales de comida en el Instituto salgo adelante, Manuel.

—Ya sé que ese señor, Guillermo, te ofrece los vales. Ten cuidado con él, le encantan las jovencitas como tú: hermosas y desamparadas.

—Ja, ja, no seas celoso, Manuelito— al mismo tiempo que le apretaba la mejilla.

—No, lo digo porque es lo que se escucha de ese viejo, y no quisiera que tuvieses que soportar insinuaciones molestas.

—Calma, yo sé cómo lo evado. Mientras me siga dando los vales de alimento, le seguiré dando largas.

—¿Entonces confiesas que sí se te ha insinuado? ¡Lo sabía!

—Pero no te molestes, ya te he dicho que sé cómo evadirlo. ¡Por qué tanta molestia! ¡Pareces mi prometido! Sólo somos amigos, o qué, ¿también a mí me "pretenderás" como a Rosario?

—No seas injusta, *belle petite*, lo digo como amigo, no quiero que nadie te haga daño y abuse de ti.

—Por un momento pensé, en realidad, que estabas celoso como un hombre que cela a su mujer. Creo que me equivoqué.

—¿Que fuese así, *petite*? ¡Mis celos de hombre sobre su mujer!

—¿Sí?

—¡Sí!

—Entonces que Dios nos reserve un espacio en su gloria, y que sea lo que Él designe.

En ese momento lo tomó de la mano y lo hizo entrar al cuarto, al interior donde había sólo una mesa y dos sillas, una estufa vieja de leña, una pequeña alacena de madera fina, aunque muy vieja, y un catre que se veía todavía fuerte sin huella de uso. Ahí lo dirigió Laura, tomándolo del corbatín mientras ella se desabotonaba la cremallera beige que con esfuerzo ocultaba sus formas extraordinariamente grandes, firmes y redondeadas.

Acuña, sin más que decir, con firmeza y apuro, se arrancó casi el chaleco y los tirantes para dejar caer los pantaloncillos brillosos por tantas planchadas, dejó ver sus muy delgadas piernas, velludas y frías.

Laura se despojó de todo con mucho apuro, incluyendo la moral y recato. Sólo era pasión por el hombre que la atraía en demasía por su inteligencia y por su forma de verla, la incitaba al percibir cada mirada que la penetraba para recorrerle los pechos y los labios carnosos que, lejos de parecerle libidinoso, le excitaba tanto que no aguantó el fuego que siguió después de ese acto de celos, se entregó a él como la virgen desposada.

Ese fue el inicio del fin, de un fin poco halagüeño. De una relación que nadie entendía y nadie entendió hasta ese invierno del 73.

Tal vez ni ellos mismos entendieron esa relación suya, muy suya, que terminó como terminó. Sin embargo, sí escondió la verdad y la única verdad del trágico acontecimiento de la muerte temprana de Manuel Acuña. Muchos, los que no eran sus cercanos, sólo conocieron la relación de Acuña y Rosario, pero la verdadera historia de amor, tórrida, intensa, sigilosa y peligrosa, estaba naciendo en el jadeo y sudor que se provocaban, en ese cuarto de la calle semioscura de Tacuba, Exconvento de Santa Clara.

Esa tu piel me exalta, para cuando
de pasión detenerme lo intento;

Esa piel que a cerezo me enjuaga,
los labios que de tu vientre se enjugan.

Para ti, mi exquisita, *belle petite*.
(M.A., 1872)

Extasiados, los jóvenes apasionados se despidieron, conscientes de la pasión naciente que los llevaría hasta la eternidad.

—Cuídate, me querido Manuel. Gracias por esto, por todo y por ti.

—Mi hermosa *petite*, sabes que estaré contigo siempre.

—¿Y Rosario?

Acuña se quedó serio y perplejo, viendo esos hermosos ojos color miel y de parpados hundidos que resaltaban aún más la belleza de su rostro.

—Ja, ja, no me veas así. Olvídalo —le dio un beso en la mejilla—. No te estoy reclamando nada, fui una tonta impulsiva. Te cambio la pregunta, Manuelito, ¿vas a ir a la tertulia de hoy a la casa de Rosario? ¿O te resulta muy ingenua la pregunta?

—Laura, tengo una relación con Rosario y lo sabes, no sé hasta dónde llega porque existen muchos obstáculos, entre ellos y el más importante: su madre que quiere alejarnos a como dé lugar. No sé si podré con ello. Por lo consiguiente, mi hermosa, te imploro perdón por dejarme llevar por tu belleza y tu pasión desinhibida. No volverá a suceder

—¡Oye, oye! Calma, no te estoy reprochando algo, ya te lo dije. No me importa qué es lo que tienes con Rosario. De mis emociones me encargo yo, y ahora, si a ti no te importa, prefiero tenerte así, clandestino, rebelde, casquivano y apasionado. Eso me gusta, y si salgo dolida, te lo reitero mi poeta, ese es asunto mío. Sólo no dejes de hablarme, de rosarme, de seguirme con tu mirada de mi pecho hasta mi vientre. Así me entrego y no exijo más de lo que tú me puedes dar. Solamente sí pedirte que me sigas escribiendo tus versos, así cortos, pero hermosos.

—No es regalo, es un atraco a tu cuerpo, a tu mirada, a tu piel suave y húmeda. No regalo, todo lo contrario, recibo un obsequio de tu alma y de tu presencia virginal. El éxtasis me embriaga y no pienso, no hay conciencia y recato. Me haces perder el pudor y así como eres honesta conmigo, yo quiero devolver la sinceridad. No sé qué va a pasar tampoco. Ahora que estoy contigo me siento inseguro en lo concerniente a Rosario. Ahora estoy más atribulado y extasiado porque ya no podré hacer a un lado en mi mente y en mi vientre tal suavidad que penetra por mis manos y mis labios. Evoco como un loco tu piel desnuda en la mía y entrelazada por besos y vaivenes impetuosos y candentes. ¿Cómo podré no buscarlo nuevamente? ¿Cómo no querer tenerte mía otra vez?... Mejor me voy antes de quedarme aquí para siempre.

—Esa es una decisión no mía, lo sabes.

Manuel Acuña dio media vuelta rápidamente, escondiendo su pasión y evitando ser presa de su impulso y de una necesidad de amor y de una relación carnal intensa que estuviera siempre ahí, dispuesta.

Se fue por las calles en la joven noche de la gran Ciudad de México, pensando en lo sucedido mientras una afortunada lluvia atípica apagaba su fuego. Pero su mente ardía, tan embriagado por aquel cuerpo que nunca soñó y menos aún pudo ser creado ni con el verso más hermoso que se le hubiera dado.

Laura se dirigió a su instrucción a aprender asignaturas en general, aunque a ella le interesaba más leer a los clásicos franceses como Voltaire, Diderot, Roseau y más. Después de hacer sus deberes en el Instituto, fue a la oficina de Prieto, que la había mandado llamar.

—Dígame, Don Guillermo. ¿Me mandó llamar?

—Sí, mi dama hermosa —al tiempo que se levantó, le tomó la mano para darle un beso.

Sorprendió a Laura porque a las alumnas del Instituto ningún docente podía demostrarles ese tipo de afectos y menos el director.

—Quiero hablar con usted. ¡Contigo! ¿Sí me permites el atrevimiento de hablarte de tu?

—Sí, don Guillermo, faltaba menos —ya no tan asombrada, con un gesto y un coqueteo estratégico, entonces le contestó a Prieto—: Dígame, a sus órdenes, don Guillermo.

—Sé que tu familia no pasa muy buenas épocas y con lo de tu padre menos. Por eso he pensado en apoyarte en tus estudios. Por lo pronto te asigno vales para el comedor para que puedas alimentarte bien.

—No debiese molestarse, don Guillermo.

—No lo es, mi querida niña. Al contrario, para mí es un placer poderte ayudar. Sólo te voy a pedir un favor, ven todas las tardes aquí a mi oficina.

—Entiendo, pero lo que no comprendo es ¿qué voy a hacer o en qué desea usted que le ayude?

—Ya veremos, hermosa niña, y mientras vengas y estés dispuesta, no te faltarán vales u otras cosas para tus estudios.

Laura, a pesar de ser tan joven, no era de ninguna forma ingenua y, al contrario, sabía coquetear bastante bien y con una sola mirada con esos bellos ojos color miel, seguro podía conseguir lo que quisiera y, por supuesto, tan fácil: los favores de un viejo que sucumbía ante un cuerpo firme, fresco y joven. Salió de la oficina de Prieto con una sonrisa de satisfacción, como cuando se consigue algo después de haber sido bien planeado.

Así todas las tardes, o casi todas, era casi un rito pasar a la oficina de Prieto. Las compañeras y maestros, unas la veían y se sonreían pícaramente, como dándole entender que sabían lo que hacía y de la valentía de atreverse a "hacer cosas" de las que todos se imaginaban con un viejo; los otros sólo movían la cabeza en señal de reprobación por ser tan joven y tan de "cascos ligeros".

Ya en la tertulia bohemia en casa de la amable y exquisita Rosario
—¿Qué hacen mis queridos compañeros de letras y de pasiones llanas?

—Dichosos los ojos, mi gran estimado y querido amigo Manuelito. Aquí, hablando con Laurita, decíamos de cómo es nuestro amigo Agustín. Dice que las veces que ha hablado con él sólo le dice cosas religiosas y de Jesús Nuestro Señor, ¿no será un cura frustrado?

—Ja, ja, no digas eso, es de muy buen corazón. Sé que estuvo a punto de morir por una enfermedad. Se salvó afortunadamente y eso lo atañe a un milagro de Dios, desde entonces es muy devoto. Ayuda a gente pobre y desamparada… menos a mí.

Sus risas se hicieron notar en el salón, no sólo de sus amigos, también del Nigromante y de Prieto quien, veía a Acuña con Laura, tampoco mostraba mucho agrado. Se dirigía hacia donde estaba la pareja de jóvenes amantes.

Acuña bebió un sorbo de su ajenjo al mismo tiempo que se acercaba para hacerle una advertencia a la hermosa Laura. Le susurro:

—Ahí viene el viejo, seguro para seguir molestándote.

—Ya no digas nada, por favor. Cálmate. No dejes de sonreír, anda.

—Buenas noches, bella dama —tomó su mano y la besó—. Qué bien que alumbra esta oscuridad de este lado

—al tiempo que volteaba a ver a Acuña—. ¡Ah está usted aquí! Buenas, Acuña.

—Así es, ¡don! Guillermo —acentuando el "don" —. Aquí charlas de ¡jóvenes! amigos.

—Manuel, creo que te llaman por allá —señalando a sus amigos, que ya se habían retirado.

Le dijo a Laura:

—Claro, no se te olvide que te vamos a acompañar a tu casa.

—No será necesario, yo la acompañaré. Pero se agradece el gesto.

—¡Perdóneme, pero eso...!

—¡Con gusto, don Guillermo! —interrumpió a Acuña nuevamente Laura—. Así me explica los beneficios de los comedores del Instituto. ¿Podrían disculparme por esta vez? — se dirigía a Manuel con gesto de piedad—. Pero mañana nos vemos como quedamos, por favor.

—Se queda en buenas manos —un tanto en tono de burla, dijo Prieto.

Ya de espaldas y molesto, Acuña murmuró:

—Eso es lo que me preocupa.

Guillermo alcanzó a escuchar las palabrea de Acuña.

—¡Qué dice usted!

—¡Nada, don Guillermo, creo que va hablando solo! Ya ve que es muy común en él —Laura nuevamente interviene para evitar un desaguisado.

—Sí, Laurita, no debiera verse más con ese hombrecillo, tiene fama de estar loco y fuera de sí, ¡imagínese que quiere enamorar a la bella de Rosario! Qué locura. Ella tan mujer, tan bella, tan refinada… no la concibo con este tipo desquiciado.

—Así es, estoy de acuerdo con usted en cuanto a lo de Rosario. Es bellísima y un alma buena. Y quién sabe, don Guillermo, las mujeres ya ve que tenemos nuestros momentos raros también y quizá a ella sí le guste Acuña. Con todo respeto, ¿por qué no intenta usted enamorarla? Tanta es su devoción por ella… como la de muchos otros y, bueno, a mí me agrada también muchísimo.

—¡Qué va a ser! La madre de Rosario ya tiene un candidato que ese sí es un hombre cabal, un gran ciudadano y un comprometido liberal. ¡Mire, no se va a morir pronto! ¡Va entrando! Lo malo que también se llama Manuel, Manuel María Flores. Y por lo que alude de la gentil Rosario, no faltaba más. Sólo tengo ojos para usted y su bella mirada, Laura. Ya se lo he dicho.

—Bueno, bueno, ya pare, porque de que empieza usted de coqueto no hay quien lo detenga. Además, ya es tarde, en el camino explíqueme: ¿qué don Manuel M. Flores, además de ser un hombre de la política y de las letras, no es una persona enferma? Todos sabemos que estuvo preso en Veracruz por la guerra y a raíz de eso...

—Eso se dice, pero frecuentemente lo encuentro en esos recintos de gran relevancia para nuestro país. No sé de algún mal que le aqueje, o quizá no sea tan grave. Pero es excelente poeta y gran patriota.

No se atrevió a decirle que se rumoraba que Manuel M. Flores, poeta y político y excombatiente, tiene una enfermedad incurable.

Después de que la menuda Laura se apartara para platicar con don Guillermo, se integró a la charla de Juan de Dios y Manuel Acuña su amigo Agustín Cuenca.

—Calma hermano, esa bella güera te desorbita la mirada.

—¡No es verdad, Juan! Debo reconocer que es muy simpática.

—¡Ah!, eso no me decías, Agustín, llegabas al grado de la emoción al describirla. Eres un pillo. Acuña es de confianza, ya confiesa que te gusta hasta el delirio la bella güera de Amecameca, ja, ja.

—¡Claro, a quien no le llama la atención tan dulce mujer! ¡Hasta Manuel que tiene su gran amor, Rosario, no deja de admirar la belleza de Laura, ¿no es así, Acuña? —dándole un codazo amistoso a su endeble amigo.

—Estamos de acuerdo, es muy bella, por qué habría de negarlo, y también es una buena amiga.

—¡Pero, Acuña, hermano!, no dejas nada para la plebe. Rosario está contigo y Laura no para de hablar de ti. ¡Caray, quien fuese tú, amigo!

—Ni lo digas. Así, como me ves, ya sabes que no la he pasado muy bien.

—¿Por qué lo dices, Manuel? —preguntó Agustín.

—Extraño a mi madre y a mi tierra. Voy a ir a visitarla, estoy pensando que lo haré, sin pretextos, el próximo año. Nada más ahorro para los pasajes y para llevarle un presente, cuando menos una manta de los mazahuas que comercian aquí por el rumbo de la catedral. En ocasiones me siento solo, sin agraviar a los presentes, me pongo a decir sandeces en mi cuarto o a escribir tonterías. No las que conocen, sino de verdad tonterías.

—¡Pero cómo!, ¿el literato de moda y con gran futuro, Manuel Acuña, no puede escribir sandeces?

—No, Juanito, de verdad. Aquel día en que terminamos la tertulia anterior, ahí en mi cuarto, ya saben que guardo un aguardiente, me embriagué, pero no sin antes escribir una nota de mi muerte. Ja, ja.

—Yo no le veo la risa. Hacer una nota de tu muerte, ¿como si fueras un suicida? —Juan, molesto.

—¡Ah, eso es! Fue una nota como de un suicida.

"Discúlpenme, pero me rio de ello porque la hice para suicidarme con un trago bastante generoso y mortal, de ese aguardiente que compramos cuando fuimos de campamento allá por los bosques de Coyoacán. Cuántas veces hemos tomado de eso y pensamos que es como para morirse. Ja, ja, así fue. Me puse una borrachera, mis estimados, que no supe en qué momento me dormí. Déjenme decirles que penosamente desperté en el suelo, boca abajo y con la nota suicida en mi cama.

"Por eso ahí la tengo, sobre mi buro, para recordar el dolor de estómago y de cabeza que me produjo esa borrachera, para no volver a embriagarme con ese veneno. Para eso mejor el cianuro que guardo para mis prácticas, ja, ja".

—No seas inconsciente, Manuelito, no te vayas a equivocar de frasco y te tomes el cianuro por el aguardiente. Ja, ja, ja —bromeó Juanito.

—Bueno, yo los dejo. Voy a ver a Laura, a platicar con ella, ya debe estar en su casa.

Cuando mencionó Acuña de ir a ver a Laura, inmediatamente el gesto de Agustín se endureció y su mirada se transformó de un amigo a un rival. No correspondió al saludo de Acuña.

Después de estar con Laura, Acuña le ayudaba a bajar la temperatura por una pasión incontrolable y frustrada. Pensaba en la hora más tarde que vería a Rosario y en la estrategia, que, como un ladrón, tendría que emplear para hablarle a solas, sin que nadie interrumpiera, lejos de la mirada de la madre. Eso le incomodaba, y ahora más que su cuerpo había encontrado un puerto donde anclar, y un ser que le merecía repartir pensamientos con Rosario. Encontró una pasión en la que salía vencedora la niña bonita, coqueta y liberal en el arte de amar: Laura, Laura.

Acuña quedó extenuado y profundamente dormido en el cuarto número 13 de la Escuela de Medicina.

—¡Joven Manuel, joven Manuel! —le hablaba a la vez que le movía muy afectuosamente del pecho Soledad, Chole—. ¡Joven!

—Eh, ¡qué pasó! ¡Qué sucede, Chole!

—Perdón, joven Manuel, pero, ¿no va a salir? Ayer me dijo que hoy era su tertulia donde va siempre. Se va usted a las seis y ya van a ser las siete. Yo ya casi me voy.

—Sí, gracias, Cholita, ya me voy.

—Por nada, joven Manuelito, ya sabe usted que estoy para servirle.

Lo tomo de las mejillas con las manos fuertes y brillosas por su trabajo, le propinó un beso deseoso en la boca, inesperado, pero no ajeno.

Acuña toma su chaquetón arrugado, presto a salir tratando de acomodar ese desaliñado cabello y un copete bastante rebelde. Antes de salir del cuarto, Chole sacó de su delantal un par de billetes arrugados y se los ofreció estirando la mano a Acuña.

—Don Manuelito, ¿por qué no tira esa… calavera y luego esa carta que puso encima de ella?

—Qué tiene, Chole, ese cráneo es el saber de la sociedad de los poetas. Y por la nota no te preocupes, es un juego mío y de mis amigos.

—Sí, pero dice que se va usted a suicidar y eso no está bien, es pecado, Manuelito. Y luego ese frasquito que tiene ahí también pegado en el coco de esa calavera.

—Ja, ja, ¡no!, ¡cómo crees!, ya te dije que es sólo un juego. Es una idiotez que escribí cuando andaba un poco borrachín. Además, Chole, dice que ya me suicidé, no que lo voy a hacer. Ja, ja, cómo crees, mi querida dama, ya me envenené, pero de otra cosa. Ja, ja.

—¡No le digo, con usted! ¡Nunca lo entiendo! Pero dice cosas muy bonitas que me gusta mucho, ¡menos esa nota y la calavera fea esa! Tenga pues esto y apúrele que se le hace tarde.

Acuña vio lo que contenía la mano de la mujer, quien lo veía embelesada. Se le quedó mirando, como agradeciendo el detalle, y tomó los billetes que bien le ayudaban siempre y salió casi corriendo. Motivado por el agradecimiento mezclado con culpa, regresó rápidamente para darle un beso cariñoso en los labios.

Chole se quedó sonrojada y con mucho aprecio empezó a arreglar la cama del flaco literato.

De pronto llego Acuña nuevamente, y agitado.

—¡Cholita, no se te ocurra ni oler lo que hay en ese frasco!¡Por favor, te lo suplico, es un veneno muy fuerte que hasta con olerlo te puede hacer daño!

—¡Ay, Jesús, María y José! —se persigna—. Ni lo mande Dios. ¡Pero para qué tiene pues eso ahí!

—Ya te dije, bromas de compañeros. Además, tú eres la única que tiene llave del cuarto y eres de toda mi confianza, por eso doy permiso que entres a la hora que quieras. ¿Estamos?

—Sí, Manuelito, pero ya váyase.

—Sí, sí —mandando un beso a la bien dotada Soledad.

Se encontró Acuña en el pórtico de la Escuela de Medicina a Juanito y a Agustín que lo esperaban ya con desespero.

—¡Ándale, hermano, que ya es tarde!

—Si lo sé, pero me entretuve por ahí un poco.

El presagio de la muerte

—¡Pillo! ¿Con quién ahora? Ah, por tu sonrisa, creo que Cholita estuvo de visita trasnochadora, pillín.

—¡No creas eso, Juanito! Sí me entretuve con Cholita, pero sólo por platica, ya sabes, me vuelve a decir de la calavera y la nota suicida. Lo peor es que ya se dio cuenta del frasco con cianuro.

—¡Te lo he dicho, Manuel, es muy peligro tener eso ahí! ¡Imagina que alguien por accidente se lo llega a tomar! ¡Eres un reverendo necio! —Agustín se lo dijo muy molesto.

—¡Ya sé, amigó!, pero nadie entra a mi cuarto más que ustedes y Chole. A ella ya la previne y no se atreve a tomar nada, es muy decente y obediente.

—No entiendo a un hombre como tú, con tanta imaginación y tan inteligente, y sin poder comprender que eso es peligroso. ¿Puedes decirnos para qué tienes esa carta? Lo del cráneo, que la aterra, te lo acepto porque existe un simbolismo en el cual hasta yo participo. Pero me resulta muy sombría ¡la nota suicida, Manuel! Pareciese que lo estás anunciando. ¡Estás loco de verdad, amigo!

—¡Loco! Loco lo estaría si me suicidara, no tengo ningún motivo. No creo que ser pobre y no comer bien sea suficiente pretexto para ello, es un trance que espero en Dios que dure poco tiempo. De eso qué más pudiese ser como para cometer un acto tan atroz. Descuida, Agus.

—Sí, Agustín, creo que estás siendo muy exagerado y dramático. Qué puede tener este hombre tan flaco, ja, ja, como para cometer acto tan reprobable. Tiene futuro: en las letras ya tiene un lugar, en la dramaturgia se estrenó montándole su obra, y lo que le falta. Terminará su carrera de medicina… en algún momento. Y cuando se afiance más como dramaturgo, poeta y escritor, todo cambiará. Si a eso le incluyes lo que obtenga como médico, tendrá el asunto de la pobreza resuelto. Por el otro lado, el tipo es un enamorado y lo bueno que es correspondido, y no sólo lo digo por Rosario. ¡Qué tal Cholita, eh! Pero ¡yo!, ¡Juan de Dios Peza!, y mira que te he observado y conozco esa mirada y ese nerviosismo que te delata cuando traes faldas entre manos, pero decía que, sin temor a equivocarme, la hermosa Laura está bien asida a ti y tú a ella. Por eso quiero escribir como tú, para poder tener no solo uno sino muchos amores.

—¡Qué vergüenza escucharte diciendo eso, Juan! Y tú, Manuel, no es justo que juegues con el amor y la voluntad de estas dos mujeres —Agustín ya más molesto.

—¡Tres! —dijo Juan con una sonrisa en los labios.

—¡Calla, por favor, Juan! O qué, Manuel, ¿de verdad tienes *algo* que ver con Laura?

El coraje de Agustín, cuando mencionó Juan a Laura, lo demostró al cerrar los puños como deteniendo el impulso de golpear a Manuel Acuña. Cada vez era más evidente que Cuenca estaba enamorado de Laura, por ello su malestar y esperando la respuesta a la pregunta tan directa que le hizo a Manuel. En el momento que Acuña, después de un par de segundos de silencio y de mirada baja, hizo el intento de responder a tal cuestionamiento y a la mirada fija e inquisidora de Agustín, Juan interrumpió el desaguisado y con voz fuerte dijo:

—¡Oigan, ya paren con eso! Ya llegamos y ahí está la bella Rosario recibiendo en su zaguán.

Los recibió amablemente Rosario, como siempre, pero guardaba una sonrisa y quizá un gesto clandestino para Manuel Acuña, considerando que no podían hablar a solas delante de su hermana y mucho menos de su madre, que merodeaba como leona tras su presa de cuando en cuando en la tertulia. Al recibir el saludo de Acuña, el único comentario de Rosario:

—Estimado Manuel, ahí adentro está esperándole con ansia su nueva amiga Laura.

En respuesta, él le entregó una carta doblada, dándole un sonrisa nerviosa y fingida.

Ya dentro, lo primero que pudo observar fue efectivamente a ese ser tan radiante y fresco de *belle petite*.

Saludó a los concurrentes porque era el paso obligado para donde ella le esperaba deseosa, su mirada lo admitía. Por un momento se olvidó que estaba en la casa de Rosario y con gran prestancia se dirigió hacia Laura. En un momento de lucidez y de vergüenza, detuvo su paso apresurado hacia ese aroma exquisito de jazmín de la piel irradiada de la hermosa Laura. Se encontró con una voz peculiar en esas reuniones, una voz muy jovial, igual a quien la portaba, un cubano que, en sus andanzas, formó parte de esta gran sociedad literaria de México que le atraía profundamente: el poeta José Martí. Le saludó amable e inmediatamente nació un tema de conversación. Siempre lo había con Martí, nunca cabía la posibilidad del silencio con este gran personaje.

La bella Laura se intrigó por la reacción de Manuel, aunque no le dio más importancia al hecho, ya que estaba muy asediada por los grandes hombres de muy comprobada pasión.

Por fin, después de reír un poco con Martí, se dirigió hacia donde estaba Laura, pero, justamente antes de llegar, Rosario llegó a ella. Se detuvo nuevamente Acuña, pero ya con un gesto descompuesto, como si estuviera en peligro su amor y su pasión. Dio vuelta y casi atropella a Juan de Dios.

—¿Qué pasa, amigo?, ¿te sientes bien? Te ves como pálido.

—Nada, querido amigo, sólo que, ya ves, no puedo hablar con Rosario porque está la hermana y su madre. Quiero entonces hablar con Laura, y llega Rosario.

—Oye, tampoco seas desconsiderado, están las dos. Porque bien te conozco, hermano, y estoy seguro de que ya tuviste amoríos con la niña bonita. ¿Ahora qué vas a hacer? Ya se te juntaron. Sólo espero no te saquen a jarronazos de aquí, y encima a nosotros también por alcahuetes, amigo.

—Pierde cuidado, en su momento lo resolveremos. Y sí, debo confesarte porque eres mi hermano del alma, mi amigo Juanito, esa *belle petite*, hemos abierto nuestro corazón a la pasión incontenible, al amor clandestino de caricias recónditas. Me ha incendiado con su fuego y su mmm no imaginas cómo me inquieta y me quita horas de pensamiento. Tanto que he dejado de insistir como antes para ver a Rosario. Mis sueños tienen fragancia de Laura.

—Caray, hermano, de verdad me asombra. ¿Ya la has poseído? No puedo…

—¡Calla! Te pueden oír.

—Eso no le va a dar nada de gusto a Agustín.

—¿Él qué tiene que ver en eso?

—¡Hermano, por Dios! No te has fijado cómo la ve y cómo se pone de enojado cuando mencionas a Laura, y más cuando dices que la vas a ver.

—Pero, ¿qué puedo hacer? Agustín nunca me dijo nada y mucho menos a ella.

—Sí, lo sé, es muy parco y piensa mucho las cosas. A veces pienso que está revuelto de sus pensamientos y de sus emociones.

—No seas cruel con él. Ya veré cómo decirle. Pero, por lo pronto, Juan, te voy a suplicar y a apelar a tu buen juicio: no le dirás nada y no mencionarás nada de Laura delante de Agustín.

—Claro, por supuesto. Como si no me conocieras.

—Por eso lo digo, Juanito. Por eso lo digo.

—Ese sarcasmo me incomoda, mejor me voy a saludar a alguien más. Me caes mal cuando me dices que soy boca floja.

—Ja, ja, no te molestes, y para ya con eso. Ve por ahí. Voy a tratar de hablar con alguna de las dos.

El flaco literato fue libando el exquisito ajenjo que se bebía y que era cortesía de don Altamirano. Lo envió por su ausencia y lo mandó por conducto de Prieto y Ramírez, que sin duda estaban ahí, seguramente tratando de bloquear a Manuel para que no se acercara a Rosario y mucho menos a Laura, que se le había metido muy hondo a Prieto.

Al insistir su mirada para tratar de ubicar a sus dos amores, Manuel vio cómo caminaban las damas con bellezas totalmente diferentes. Rosario, una belleza esplendida, como su estatura, hacía que sus vestidos lucieran, un excitante talle de cintura diminuta, tez apiñonada con facciones finas y definidas; la sombra de sus ojos y su nariz, ligeramente aguileña, pero de gran fineza, hacía de su rostro un matiz de sincretismo estético, entre mestizo y europeo. Era una belleza poco común y eso la hacía más atractiva. Toda esa hermosura intrigante no haría diferencia sin su trato siempre amable con su voz melódica, tersa y cálida, misma que hacía compañía a ese rostro de desvelo y a esa sonrisa hermosa que iluminaba el espacio donde estuviere. Cualquiera quisiese que te leyera, con esa voz dulce, toda una tarde en la Alameda, una obra de Voltaire o de Roseau.

La otra dama, Laura Méndez Letfor, como me describía Arcángel, era un ser enorme en pasión, de estatura bajita, de formas torneadas y apasionantes; voluptuosa en ocasiones, de un andar excitante y especial con una gracia que penetraba; alejada del castizo, su tez blanca y tersa provocaba la caricia; ojos profundos color miel que deslumbraban al mirar con esa cristalinidad inquietante; resuelta, con voz grave, daba una intencionalidad masculinizada que no se comprendía a menudo, sin embargo, tan ella, irresistible a la coquetería natural de una bella dama.

Rosario, ingenua, recatada, empática, amable y entregada, honesta, se entregaba a sus emociones sin interés ni compromiso. Educada para ser mujer, esposa y buena compañera. Laura, cauta, apasionada y aventurera; entregada también, pero a su pasión sin límites. Sutilmente práctica, lo cual disfrazaba con su candor y arrojo. Al verlas juntas no dudó Manuel Acuña en aceptar que estaba enamorado de las dos. Cada una complementaba y llenaban el espacio de la otra como si amara a una sola mujer con las cualidades de las dos.

Fue tras ellas aun cuando las perdió de vista por un instante. Vio que, en un recodo de tenue oscuridad, sólo se posaba por ahí una rendija de luz de un candelabro grande que alumbraba un pasillo que daba a un jardín. Iba pensando qué diría al encontrarlas juntas, sin embargo, ya no pudo pensar nada más, al ver lo que sucedía entre estas bellas damas en el hilo de la penumbra.

Cuando al fin pudo reconocer la silueta de ellas, percibió un ligero rechazo, o al menos las manos de Rosario así lo expresaron sobre los hombros más bajos de Laura. La sombra de los rostros se apartaban, la realidad se desvirtuaba en la imaginación, la incredulidad quedaba presa de la incertidumbre y confusión. La taquicardia provocó prisa en los pasos siempre lánguidos de Acuña que prosiguió hasta alcanzarlas.

—¡Buenas noches, mis apreciadas y bellas damas! Es todo un placer infinito el poder estar frente a ustedes. Perdón mi atrevimiento, sólo caminaba por ahí pensando y, miren, me las he encontrado.

Rosario, un tanto nerviosa y enjugándose los labios:

—¡Querido Manuel!, no diga que hasta aquí se extravió. ¿No será que nos estaba siguiendo? Precisamente nos despedíamos ¿no es así, mi apreciada Laura?

—Sí, Manuel, le decía a Rosario, perdón que me atreva a hablarte sin recato, pero así soy de confianzuda… hemos hecho gran amistad y me va a dar su opinión de mis insipientes versos, porque de lo contrario este mundo de hombres me va a crucificar si no soy apta para ello.

—Seguro lo serás, y más aún con la ayuda de Manuel; es el mejor. Se lo he dicho. Y ya que nos hemos despedido, ¿crees que nos puedas dejar a solas un instante? Ahora que podemos, quisiera hablar unas cosas con Acuña.

Laura, con sonrisa pícara, inclinó el rostro y lanzó una sonrisa aún más zagas a Manuel, que seguía confundido.

—Mi amor, qué bueno que llegaste, no quisiera volver a quedarme sola con ella. No sé de dónde viene, pero es muy ladina y muy… no sé. Es extraña y muy liberal. Espero no te enoje mi comentario, pero al parecer tú has hecho muy buena amistad con ella.

—Calma, amor mío, que tenemos poco tiempo. Te he entregado una carta para que la leas cuando puedas. Espero me contestes y me digas entonces qué fue lo que paso con Laura antes que las interrumpiera.

—Te voy a decir que esta señorita me tomó del brazo y se me acercó como para decirme algo al oído, pero...

En ese preciso instante se escuchó la voz de la madre de Rosario y la hermana, con agilidad casi de un felino salió de ese reducto para no ser visto junto a ella el muy delgado Manuel. Rosario, por lo pronto, no se movió, viendo la rapidez con la que desapareció Acuña y la locura con la que pasaron las cosas extrañas esa noche. Se quedó inmóvil.

—¡Laura!

—Hola, Manuelito, qué gusto que pudiste estar cerca de tu Dulcinea. ¿Pudiste hablar bien con ella?

Acuña, que no era precisamente el mejor para guardar apariencias y tenía ese carácter norteño, le lanzó una mirada de enojo a la dulce Laura que fue inquisidora.

—¡Oye, Manuel!, ¿qué te estas imaginando? Descuida, lo que pase entre nosotros lo asumimos como adultos, aunque yo aún no lo soy, pero como si lo fuera. Es sólo el apego que siento por ti, por tus besos, por tu inteligencia. Honestamente, en momentos me siento celosa, pero también me doy cuenta hasta dónde puedo llegar y sé que yo jamás llegaré a ser como tu hermosa dama. Créeme, le tengo aprecio. Pierde cuidado, no le dije nada de lo nuestro ni lo haré. Lo de nosotros es hermoso, pero será pasajero porque te irás con ella pronto, ¿no es así?

—¿Cómo lo sabes, Laura? Eso no lo sabe nadie —se quedó pensando unos segundos—. ¡Juan de Dios! ¡Párvulo de porra! ¡Pero donde lo vea me va a escuchar!

—¿Dónde vas? Tranquilo, déjalo. Él está también contrariado con tu partida porque dice que no regresarás y perderá a un gran amigo al que quiere mucho. Te va a extrañar demasiado, ¿me entiendes? Mucho pero mucho te va a extrañar.

Acuña se quedó un segundo pensando en el comentario final de Laura, sobre todo en el ahínco con el que habló sobre el tema de Juan. No le dio más importancia.

—¡Claro que lo haré!, porque aquí no podré conseguir nada con Rosario.

También tengo una responsabilidad con mis padres, con mi familia y ahora con ella. Cómo podré darle lo que ella se merece si no tiene un hombre que se lo dé. Me iré, pero volveré a terminar la carrera de medicina y tengo en puerta proyectos literarios con los que bien podré, ahora sí, obtener más centavos.

Todo se lo llevan ellos en su publicación, pero los que se rompen el alma y el físico por las trasnoches somos nosotros, los creadores. Pienso que ya es justo que recibamos algo más decoroso y decente".

—¡Eso, mi amor! ¡Así me gusta verte, mejor que enojado! Perdón por decirte mi amor, es que ¡para mí lo eres y ese será ya mi problema!

—Ven, vamos con el boca floja y con Agustín.

Mira, pobre Juanito qué miradas te lanza de tristeza. Te quiere mucho.

—Sí, y a ti te mira como te ve Agustín. Conmigo ha cambiado, está muy a la defensiva y en ocasiones hostil porque sabe que nos vemos.

—Pues a mí no me gusta. Es muy extraño. ¿Agustín qué, se llama?

—Cuenca, Agustín F. Cuenca.

Manuel María Flores, como muchos, pasó por las guerras con toda esa adrenalina y sin un techo seguro, andando de allá para acá. La promiscuidad se daba comúnmente y sin recato ni medida, había quienes no conseguían con quién desahogar su instinto. La frecuencia casi consuetudinaria con la que mantenían relaciones con prostitutas no les merecía ningún recato y mucho menos asepsia. No se detenían con tal de desahogar su ímpetu ante condiciones no muy salubres. Ellas, por su parte, las de "tacón dorado", se pegaban a los regimientos como otra infantería a sabiendas que ahí era donde estaba el negocio.

—No está de mal ver tampoco don Manuel M. Flores. Ja, ja.

—¿Nos vamos, Laurita? Tan coqueta, quién la viera —a un lado ya de ella, don Guillermo Prieto.

Acuña, con mucho esfuerzo y apoyándose en Agustín, se acercó a Rosario, que era flanqueada por Manuel M. Flores y por su madre. Se acercó a pesar de las miradas absurdas de la mamá, y saludó a Rosario, besándole la mano. Fue muy tenaz, ya que nadie la saludaba así, sino con una caravana elegante y respetuosa. Acuña tomó su mano para darle un beso en la muñeca, lo cual aprovechó para depositarle en la palma de la mano un trozo de papel con otro mensaje.

<Vida mía. Llueve, más en mi alma por no verte. Dame el placer de hacerlo y dime cuándo, pero pronto que sea, el mirar tus ojos que es morir sin verlos. Manuel A.>

La vida siguió y Acuña no recibía todavía respuesta de Rosario después del mensaje que le dejó en la mano. Al día siguiente, después de pasar con gran desvelo escribiendo, se alistó para tomar sus clases en la Escuela de Medicina. En él nace nuevamente el interés de terminar bien, y como lo planeó, la carrera de médico. Su parte pragmática estaba inmersa en ese objetivo, que era como un sueño para la familia, aun cuando su gran pasión, además de sus mujeres, era la poesía y la dramaturgia.

Al término de sus deberes y oliendo a cloroformo por la práctica en el anfiteatro que tuvo en sus ensayos como cirujano, decidió ir a ver a Laura. La bella y dulce que no lo era tanto, y menos con esa voz grave y masculina en ocasiones, sobre todo cuando era su interés imponer su postura. Con frecuencia era muy notoria la diferencia entre su aspecto y su candidez con su tono de voz, no se correspondían más de lo que se pudiera ocultar.

Llegó Acuña a casa de Laura, en aquel departamento que le rentaban por muy poco y que pagaba con algo de ayuda de su familia, de lo poco que le apoyaba Acuña, y de alguien más.

—Querido Manuelito, cómo estas, mi amor.

—Buenas tardes, querida, cómo ha ido tu día. ¿No interrumpo? ¿Qué haces?

—Siempre estoy para ti, y lo sabes. Estoy escribiendo algo.

—¿Cómo qué? o ¿para quién?

—Pues, no sé, quizá para ti o para mí, o para alguien más.

—Espero que no sea para ese viejo de Prieto que sólo quiere tu…

—¿Mi qué, Manuelito? Acaso hablas ¡de mis pechos!, ¡mis caderas!, ¡todo lo que ya tú tienes, bribón!

—Calma, yo no quise decir eso, mujercita

—Manuel, seamos sinceros, sabes que tengo que coquetearle y dejar que se sobrepase un poco ese viejo. Lo tengo que hacer para que me apoye con todo lo del colegio y con los vales de comida. Recuerda que también has comido de ahí, de otra manera no podría comer bien todos los días. Tengo que ser realista, Manuel.

—¡Pero Laura! ¡Yo te apoyo!

—Honestamente, mi alma, ¿crees que con lo que en ocasiones me apoyas me alcanzaría para subsistir? ¡Mírate!, ¡por Dios, mi amor!, ¡apenas puedes contigo!

—¡Sí! ¿Crees que no lo sé, Laura? Pero…

—¡No te sientas mal ni desplazado! Es la realidad, corazón de mi alma. Cuando ya seas médico o cuando te empiecen a reconocer como dramaturgo y puedas poner una obra en escena donde la vayan a ver los ricos con sus coches lujosos tirados por caballos pura sangre, o tus obras que sean vendidas como un gran poeta, entonces, sólo entonces, pudiésemos hacer mejor las cosas y prescindir

176

de los favores que le doy a don Guillermo. Mientras tanto, lo dejo que se alborote un poco.

—¡Ese es mi celo! ¡Esas alborotadas que se da ese vejete! No sé hasta dónde llega con ello.

Laura se quedó viendo a Manuel fijamente sin decir ya más. Con su frente un poco inclinada, lanzó una sonrisa pícara mientras se quitaba los botones de su blusón, dejando ver ya su ropa interior.

—Ya deja de quejarte, yo no digo nada porque sigues como un cordero detrás de tu Rosario. A ella sí le escribes poemas y a mi ninguno.

—Sabes que sí te he escrito, y los tienes.

—Sí, pero no como a ella, ¿o será que tendré que hacerme la difícil como tu Rosario y no permitir que me toques aun cuando sé que me llevas al cielo y me vuelves loca? Mira si me trastornas que ya me tienes como me quieres: desnuda frente a ti.

—Eso me asusta. De Prieto entiendo, aunque no comparto la idea de que le coquetees. De él obtienes favores, ¿de mí?, ¿qué obtienes o que podrías obtener?

—Ja, ja. No preguntes más, transpórtame a la inconsciencia insatisfecha. Ven, acércate —se lo dice al oído—. De ti ya estoy obteniendo lo que quiero.

—¿Ah sí? ¿Qué es lo que…?

Laura, sin poder contener, lo calló con sus labios y la cercanía de su cuerpo tibio y suave. Se enloquecía la libido de dos jóvenes con pasiones de una gran sutileza irreverente mientras se bajaba la luz de la lampara incandescente que la mano del joven apasionado logró alcanzar antes de perderse en un torrente de incertidumbre y de placer que chocaban al instante, mezclándose en un sentimiento extraño, pero de un éxtasis sin nombre. Cierto y peligroso.

Afuera, como águila acechando a su presa por una esquina, estaba Prieto, que se detuvo al ver entrar a Acuña y de imaginarse con mucho coraje lo que estarían haciendo los jóvenes entregados. Mientras tanto, por el otro lado de la acera, sin reconocerse por la lluvia que caía sigilosa pero muy eficaz, estaba Agustín Cuenca, el amigo de Acuña y de Juan de Dios Peza, no con asombro sino con un dejo de tristeza y enojo por la escena que se imaginaba también sucedía ahí dentro.

El joven Agustín, poeta y frustrado, se había por fin decidido a confesar lo que sentía por ella, por Laura Méndez, sin embargo, dio cuenta de lo mismo que Prieto, a distancia, ¡de cómo su amigo Manuel Acuña entraba y cerraba la puerta de esa vivienda modesta!

Su gran amor secreto se convertía en su aspiración, amor imposible. El dolor lo cegó, tanto que no se percató de la presencia de don Guillermo del otro lado de la calle.

A su lado sólo quedó la tristeza mezclada con la lluvia que arreciaba y las flores que sucumbieron en un arrebato de ira contra el piso empedrado y desgastado. La pasión se desbordó con un incontenible llanto.

9 del quinto de los 1873

Querido Manuel, amado corazón mío,

Me entrelazo a ti por medio de las palabras, distantes, pero tan entrañables. El recuerdo de tu beso robado en el dintel de mi casa y con tanto poeta por ahí, eso fue poético, tan sublime que la noche me lo recuerda a cada instante.

He querido ver tu pelo desaliñado y tu sonrisa infantil, pero sabes que mi madre me tiene más que prisionera, aunque me río, no de ella porque sería un pecado, pero sí de su encierro porque a mi corazón no lo puede aprisionar nadie más porque ya es tú prisionero y no hay quien pueda tenerlo, ni mi madre siquiera.

Extraño tus palabras poéticas y tu mirada casi de niño cuando hablo y me toco el pelo. ¿Recuerdas que lo hago y te da risa, mi amado? Sí, lo hago también con razón y por hacerte reír y verte sin tu cara de enojado que frecuentemente traes. No me lo tomes a mal, sólo que tu seño es duro con frecuencia, como si cargaras un malestar o una deuda moral con algo o alguien.

Pero, en fin, mi querido poeta, te he escrito porque pasado mañana si podré verte en el mismo lugar en la Alameda. Mi madre irá con mi tía a hacer algunas diligencias con motivo del aniversario luctuosos de mi señor abuelo.

Beso esta carta para que evoquéis a tu amor que te espera.

Tu Rosario

P.D. Supe de la reunión en casa de la señorita Laura, espero su plática haya sido tan amena.

La recibió y en medio de sus libros de medicina empezó a redactar la respuesta que enviaría, como siempre, con su gran confidente y amigo Juan de Dios Peza:

Amor mío,

Mi vida cobra sentido cuando sé que veré tu rostro nuevamente y que me embeberé de tu mirada diáfana e incrédula. Me siento alagado porque me miras y sublime cuando me escudriñas. Quisiera saber qué tratas de descubrir en mi flácido rostro y qué imaginas cuando te hablo.

Veo tu andar cadencioso, sutil y excitante. Soy nada, como la nada es el principio del todo. Soy entonces el principio de mí mismo y el principio de algo. Nada es algo, porque algo es cualquier cosa. Y yo soy cualquier cosa, pero soy el origen del todo que será para ti, seré el todo universo para envolverte de estrellas y luces. Fugaces, como las estrellas, también serán mis besos matinales, pero penetrantes de cuerpo y alma.

Eso quiero ser para ti, así que, si alguien te dice, incluyendo tu señora madre, que soy nada, diles con gusto que sí, que lo soy por ti y para ti.

Te veré entonces en la misma banca de la Alameda hoy por la tarde, preciosa mía.

Acuña

P.D. Te envío otra parte del poema nuestro.

… que es mucho lo que sufro,
que es mucho lo que lloro,
que ya no puedo tanto,
y al grito que te imploro
te imploro y te hablo en nombre
de mi última ilusión…

Con gran ánimo, Manuel realizó todos sus deberes escolares e hizo presencia en todas sus asignaturas del día, lo cual sorprendía a sus compañeros, ya que no era muy frecuente que escuchara sus materias completamente. Realizó las adecuaciones de los versos que tenía en proyectos y a los comentarios que vertía en algunos diarios en la sección cultural.

Se dirigió rumbo a la Alameda en una tarde de domingo con un abochornante sol que empezaba a caer por la hermosa ciudad de México. Como siempre, Acuña se agazapó en la esquina del convento que resultaba estratégica para observar a quién caminaba por la parte sur de la Alameda en un punto nodal para observar la banca de sus encuentros.

Al reunirse por fin, la mirada de siempre de Rosario a su chaperona fue el principio de su retirada. Tenía que irse.

—Hola, mi vida, ¿cómo has estado?

—Como siempre, ansiando este bello momento, ¿nos sentamos? ¿Tendremos tiempo para ello, querida mía?

—Claro que sí, mi poeta, mi madre tardará un poco y el cielo está de nuestra parte.

—¡Caray! Veo tu sonrisa y me llevas al cielo, mi cariño. Sueño en todo momento contigo, aun cuando estoy despierto. Me transportas al amanecer de mi pueblo, a las hermosas torres de la iglesia y a cómo el mismo astro se escudriña por entre ellas cuando ya a hurtadillas se va a esconder el muy diablillo.

—Quisiera en el alma conocer tu ciudad, a tu familia, a tus padres. Todo de ti y de dónde vienes.

—Mira, esta es mi madre y este es mi padre —Acuña le enseñó un par de fotos que guardaba en una maltratada cartera de piel.

—¡Qué bonita pareja!

—Pues no sé si bonita, pero es todo lo que tienen, uno al otro y si Dios así los unió, pues de qué hablar.

—¡Qué dices, Manuel! Seguro se aman mucho, pero ya sabes, siempre hay problemas como en todas las parejas. Míranos a nosotros, tenemos que vernos a escondidas, pero eso no nos impide amarnos como lo hacemos. Por cierto, embustero, leí la segunda parte de mi poema, ¿por qué hablas de la última ilusión?, ¿ilusión de qué o de quién? ¡Explícame, bribón, a qué te refieres!

—¡Calma! Ja, ja, te voy a explicar que, por cierto, tiene que ver con el lugar donde nací, y de mis padres…

—¿Y por qué no haces alusión en mi poema sobre ese lugar tan maravilloso en el que naciste?

—Te explico entonces: en esos momentos en que ya no llegaste a nuestra cita, sufrí. No sabía qué hacer, si huir, si entrar a tu casa y llevarte conmigo o envenenarme.

—¡Ni de broma digas eso, Manuel! Tú estarás vivo para mí, ¿me entiendes? —con los ojos casi en llanto y molesta le habló a Manuel.

—Insisto, cariño mío, no sabía qué hacer, el alma se me desgajaba y me veía en la soledad eterna y sufriendo día tras día. Así que pensé en una salida. Considerando la situación de tu madre y de lo que hará para separarnos…

—¡No lo hará! —interrumpió Rosario con ahínco.

—Alma mía, deja que te cuente, ten paciencia. He pensado en robarte. Es decir, corazón, no robarte, sino que te fueras conmigo a Saltillo. Allá nos casamos en la iglesia de mis pensamientos y como testigos, por supuesto, Dios y mis padres. Esa es mi última ilusión. A ella me refería en el poema. ¿Ahora me entiendes, vida mía?

—Espera, ¿lo que quieres es que me fugue contigo así y ya?

—No te enojes.

—¡Eso crees que voy a hacer! ¿Irme, seguirte y ya?

—No te enojes, amor de mi alma, per…

—¡Sí!, ¡sí! ¡Hagámoslo, Manuel! —interrumpió emocionada.

—¿De verdad?, ¿estás dispuesta, mi cariño?

Manuel asiente.

—Me haces el hombre más entero de este mundo, ¡qué digo mundo!, de este universo. Sólo que...

—¡No te atrevas a pensar en las consecuencias, Manuel!, porque entonces nos desanimaríamos, por Dios. Sólo dime cuándo y ya, lo demás lo resolveremos de una u otra forma.

—No, no es eso, por supuesto que nos vamos, pero nos iríamos en diciembre. Deja que te explique. Nos vamos el día seis, ese día cumplimos dos años de nuestro amor. Me da tiempo de terminar el ciclo escolar y arreglar las cosas con mis padres, mandarles una carta.

—¿Tanto tiempo, Manuel? Yo pensaba que fuera ya mañana.

—Calma, mi vida eterna. Pensémoslo bien, ya había considerado irnos, casarnos, y regresar a terminar la carrera aquí a la capital. De esa forma establecer un consultorio ya en mi tierra. Fundar un periódico o una revista literaria para seguir con mi segunda pasión después de ti, corazón mío. Quiero continuar embriagándome de poesía por ti y que todo Saltillo se entere. Mientras tanto, nos mantendremos con las consultas médicas.

—¡Sí, mi alma! ¡Eso está bien! Ya es un compromiso, Manuel Acuña Narro de de la Peña. ¡Pero…! ¿Qué haces, Manuel?

Acuña se hincó ante ella delante de todos los que pasaban por ahí.

Este es el compromiso, mi reina, ¿te quieres casar con este poeta empedernido de amor por ti y futuro medico? —se quitó del dedo anular un anillo que perteneció a su padre y lo puso en el dedo anular de la mano izquierda de la bella Rosario.

—¡Sí, mi poeta, claro que sí! Pero ya levántate que nos van a ver más de los que ya lo hicieron.

Entre la gente que pasaba por el parque, la chaperona, que ya regresaba de su paseo, vio la escena quedando asombrada y perpleja. Cierto que la empleada guardaba secretos de Rosario y mostraba fidelidad, pero era muy dada a comentar cosas que no debía con familiares y conocidas. Esa actitud había provocado que se supieran muchas cosas que pasaban con Rosario, su madre y por supuesto con Acuña. Este episodio era un gran tema para comentarse.

Al día siguiente la escena ya había llegado a oídos de la madre de Rosario.

Rosario, dando vueltas en su habitación, no sabía cómo hacerle llegar a Acuña lo que su madre tenía en mente para ella: casarla con algún miembro prominente de la política, de la vida literaria y social de México. Rápidamente llegó a oídos de la madre que, impetuosa y llena de angustia y coraje, llamó a Rosario para que le explicara el suceso con lujo de detalle.

—Madre, qué quiere que le explique. Eso es una calumnia. ¡No pasó nada! —sabía que tenía que negar el hecho para ocultar lo que habían planeado con Acuña.

—Eso es lo que tú dices, pero tanta gente te vio que no me lo puedes negar.

—Pero, ¿qué vieron? Seguramente nada, madre. No pasó absolutamente nada.

—Entonces por qué se hincó y te dio ese anillo que seguramente debes tener escondido en tu habitación.

Mientras llamaba la atención a Rosario, la madre, iracunda, subió las escaleras dirigiéndose al cuarto de Rosario para verificar si estaba el anillo que le dijeron que le dio Manuel.

—¿Pero por qué hace eso, madre? ¡Qué falta de confianza!

Rosario tenía la seguridad de que su madre no iba a encontrar el anillo porque guardaba aquel preciado símbolo improvisado, pero real, en su regazo.

—¡Porque tú provocaste que desconfiara de ti, no imaginé que te veías con ese flaco de nada!

—¡No tiene por qué ofenderle, madre, es un gran escritor y más tarde será un buen medico! Además…

—¡Ya no me digas más! Que te quede claro lo que te voy a decir: lo que yo he escuchado y que no he querido decirte porque creí que lo sabías y que jamás tendrías algo que ver con ese "literatito".

—¡Dígame entonces qué es lo que quiere! ¡Parece que yo no tengo derecho a elegir con quién hacer mi vida!

—¿Lo hemos tenido? —contestó casi a punto del llanto la madre.

Llorando y sin ninguna posibilidad de ganar la discusión, Rosario se encerró en su habitación a escribir una carta para Acuña.

Estaba Rosario terminando la carta cuando recibió una de Acuña de forma clandestina.

13 del octavo del que corre

Mi Rosario,

Te escribo esperando que no sea molesta mi insistencia y que la infame intolerancia no haga menoscabo la paciencia por volvernos a encontrar y ver tu diáfano rostro.

Me clava en el pensamiento la idea de que mi propuesta haya sido en demasía y mine el deseo que expresas por mí y vaya en decadencia este humilde enamorado. No me dejes en incertidumbre porque rompe la armonía de tu amor brindado en infinitud.

Desespero por tus palabras. Amor de siempre, pasión perene, no me des ausencia que me entregas al fango para revolcarme en un entusiasmo fuera de sí e intensamente sin desdeño.

Acuña

P.D. Inserto en esta todo de tu, nuestro, poema. Guárdalo en tu regazo cuando alivio quieras en tu corazón. Léelo cuando sea una necesidad invocar e implorar a un amor bueno. Quizá lo escuches por ahí sin que quite un solo gramo de tinta de mi alma con la que fue escrito. Cuando así suceda, sabrás que el amor por ti es infinito. Pero estoy seguro que lo leeremos juntos en un portal de nuestro hogar y con la emoción misma de nuestra primera mirada.

Yo quiero que tú sepas
que ya hace muchos días
estoy enfermo y pálido
de tanto no dormir;
que ya se han muerto todas
las esperanzas mías,

que están mis noches negras,
tan negras y sombrías,
que ya no sé ni dónde
se alzaba el porvenir.

De alguna forma Juan de Dios, con esa simpatía que le caracterizaba, se las ingeniaba para conseguir lo que se proponía y no le era imposible llegar hasta Rosario y darle las misivas de su gran amigo Acuña.

Por su parte, la candorosa Rosario ya no quería utilizar a la chaperona por indiscreta, por contarle a una vecina que Manuel Acuña le pidió matrimonio en la Alameda y delante de tantas personas. Aprovechó para decirle a Juan de Dios que le dijera a Acuña que su madre se había enterado de su encuentro en la Alameda, pero que seguían en pie los planes y que esperaría el día que habían pactado para irse.

Pasaron los días y Manuel Acuña moría por dentro por la dama de sus desvelos, Rosario, pero la dama de sus pasiones, Laura, seguía siendo cada vez más cercana a su vida y a su alma.

Sin embargo, entre la embriaguez de amor por su querida Rosario, en su último intento por demostrarle su amor, termina el poema, el poema de ella, el poema de él, el poema de su amor, el poema del mundo, el poema para siempre. "Nocturno a Rosario".

Lo publicó para que todos supieran hacia donde se dirigía su alma. Todos, cuando menos sus amigos poetas y literatos en general, alabaron el extraordinario poema y lo recitaban en las charadas, en las tertulias. La popularidad del poema entre el círculo de literatos llegó a oídos de Rosario que, en un deseo desesperado por hablar con su Manuel, llevó a la indiscreta de la chaperona a la casa de Laura.

No tuvo suerte, pero la desesperación le aconsejó dejarle una carta. La introdujo por el resquicio que dejaba la puerta de la entrada.

Amor mío,

Ardo en lo más profundo de mi ser por no saber más de ti.

Te he dejado una misiva con tu amigo Juan de Dios. Eso me asusta, porque no recibí respuesta tuya, bien de mi alma, me asusta, me inserta en el mundo de la incertidumbre y de las cavilaciones inoportunas y desalmadas. Me hace dudar y ya no sé quién soy. Tu esperanza soy de ti como me lo habéis dicho, pero ahora tu ausencia me delata que me fui de tu añoranza y de tu anhelo.

Ahora, cariño, me pides por siempre la entrega de mi ser: ya lo tenéis y ahora

estoy dispuesta a entregar todo lo que soy,
mi cuerpo y mi vanagloria a tu deseo. Sólo
pídeme tenerme, que yo te suplico que me
tengas para siempre.

No me importa ir contra el mundo, que es
el de mi madre, no me importa. Sólo importa
verme por siempre contigo.

Te espero como lo has planeado, el día 6
de diciembre, en nuestro aniversario, para
partir lejos a donde me acerque más a ti y a
todo lo que tú veneras.

Yo sólo te venero a ti.

Rosario por siempre de Acuña

Esta fue la última carta que Rosario escribió a Manuel
Acuña. No habría más.

Muerte cercana

—¿Cómo estás, mi ilustre Juanito, mi amigo?

—Bien, gracias a Dios, también, mi querido amigo. ¿Cómo va tu día?

—¡Ya déjate de preámbulos y dime qué paso con Rosario! ¿La viste? ¿Qué te dijo? ¿No te dio ninguna razón para mí?

—¡Calma, calma, amigo! Sólo te puedo decir que…

—¡Anda que me tienes en ascuas!

—¡Espera! ¡Pues no!

—¿Cómo?, ¿le diste mi mensaje, Juan?

—¡Sí, claro, por supuesto! ¿Dudas de mí?, ¿de tu amigo?

—¡No, no! ¡Perdona! Es que no puedo ni dormir. Llevo días sin poder conciliar el sueño más de un par de horas por pensar en ella. Dime qué pasó con Rosario, por favor.

—Tristemente tengo que decirte que como pude le di tu recado. Sólo me miró, me saludó, como siempre atenta, pero no me dijo nada.

—Pero, ¿no esperaste a que te dijera algo?

—¡Sí, claro! Espere en la acera. Sí, salió la chaperona y me dijo, "Dice mi niña que gracias, que no tiene nada que decir" —mintiendo con voz afeminada, imitando la voz de la chaperona, le dijo a Acuña la supuesta respuesta.

—No entiendo —en voz baja dijo el poeta.

—¿Qué dices, amigo?

—Nada. Es raro que no me diga nada.

—¿Pero tú esperabas alguna respuesta en específico, Manuelito?

—Sí, tenemos planes. O eso pensé que teníamos hace un par de meses. Ahora no lo sé. Creo que se está esfumando mi vida.

—No digas eso, amigo. Sabes cómo son las mujeres y estoy seguro que después sabrás de ella, ¿o era tan importante lo que me tenía que decir?

—Te considero como un hermano. En nadie más podría tener tal confianza. Tengo que confesar algo, pero no quiero que, por una indiscreción, vayas a comentar lo que te digo. Perdóname. No es que desconfié, pero, mi hermano, con frecuencia se te escapa una que otra indiscreción. Sería fatal porque está la vida de Rosario y la mía en juego.

—¡Hermano, me asustas y me ofendes a la vez! Pero está bien, dime. Sabes que soy un poco distraído, pero no con eso tan serio que tienes que decirme. Dime.

El flaco literato le confesó a Juan de Dios los planes que tenía para irse a hurtadillas con Rosario a su tierra natal. Ahí casarse y vivir juntos por siempre después de que él volviese al terminar la carrera de medicina.

ACECHA LA MUERTE

El literato joven y de gran porvenir se mostraba alegre, lo que nunca; no faltaba a ninguna de sus asignaturas de medicina. Seguía esquematizando sus proyectos de poesía y de teatro. Se volvió introvertido. Sus amigos poco lo veían por estar dedicado a sus artes y a su carrera, ¡claro, y a sus amores! Sin embargo, para él el universo se confabulaba en su contra.

La madre de Rosario recibió una carta de manos de Prieto que, junto con el Nigromante, esperaban leyera esa misiva que insinuaba la vida oscura o la otra vida de Manuel Acuña con su verdadera pasión: la vida oculta de Manuel Acuña y de Laura Méndez.

Acuña, recostado en su camastro de ese cuarto número 13 de la Escuela de Medicina, meditaba y entretenía su compulsión entre las manos, jugueteaba con el frasco que contenía cianuro con la leyenda: <ÚSESE EN CASO DE QUE EL CORAZÓN NO RESISTA>, debajo tenía dibujada una calavera sonriente, cruzada con dos huesos en forma de una X, el clásico símbolo de "peligroso".

Se acercaba la fecha en que huiría con Rosario a Saltillo, pero sentía una opresión en el pecho al pensar en Laura, no podía imaginarse el vivir sin su suavidad y voz grave. Debía tomar una decisión: o realizar su sueño con su eterno amor o definitivamente empañarse en vivir otro amor que le representaba un empiezo incierto, pero con gran pasión y deleite en todos los sentidos. Vivir con la sombra de la madre de Rosario no era grato. Sabía que, en algún momento, su bella Rosario querría volver a ver a su madre, al fin, una madre es una madre. Con ello tendría que luchar y con todo lo que representa la familia de de la Peña. Laura lo único que le representaba era luchar contra esa chiquilla voluptuosa e imperativa que estaba acostumbrada a conseguir lo que quería a como diera lugar. En el instante no acertaba si Laura era como todas las mujeres: abnegada, estoica, indolente e incondicional a su hombre en todos los sentidos, pensaba que quizá tendría que competir con ella en cualquier momento y se declaraba algo débil para ello.

En ocasiones sentía más hombría en Laura que en él mismo, sin embargo, no dejaba de pensar en su desnudez, en el aroma de su sudor, en la forma retorcida de entregarse al placer del sexo sin ningún recato ni pudor. Lo volvía loco.

SE GESTA LA MUERTE

En la casa de Rosario se leía una relatoría de la otra vida de Manuel Acuña. La madre leía con asombro, pero sin dejar mostrar una leve pero malévola sonrisa.

—¡Ah, y va a tener un hijo el muy...!

Ramírez y Prieto contestaron con un gesto reprobatorio y de enojo cuando la madre los miró.

—¡Rosario! ¡Rosario!

Hecho estaba. El final estaba dado. La muerte sigilosa.

Dos días antes del día 6 de diciembre de ese año de 1873, el incipiente poeta Juan de Dios y su natural y de vez en vez delicado andar esperaba a su gran amigo Acuña. Lo esperaba en la banca de siempre en la Alameda Central de esta hermosa capital de México. No llegó el famoso literato por estar en arrumacos con su otra vida. Días antes había participado al flaco Acuña su deseo de hablar con él sobre algo que lo atormentaba.

—Mi querido amigo, quiero hablar contigo de algo muy serio. Ahora sí es en serio.

—¡Pero mi gran amigo Juanito, esa es una gran sorpresa! ¿Tú quieres hablar en serio? ¡Caray, eso sí preocupa! Pues dispuesto y oído soy para ti.

—No, amigo, y no te burles, que es serio. Pero mira, ahora ya vas de prisa como siempre, a ver a quién le toca el turno, ¿Rosario o Laura? O quizá, sea la mucama de tan grande busto y nalgas de asombro.

—¡Eh Juan!, ¡qué te pasa! Parece tu sarcasmo en demasía inquisidor o de reclamo. ¿Qué es lo que te pasa, amigo? ¿Tú también me vas a juzgar como Agustín o como los demás?

—No. Juzgar no, pero no te entiendo. Dices estar enamorado de Rosario, tanto que vas a huir con ella, pero no dejas de ver a Laura que, por cierto, cada que la ves, te olvidas del mundo y hasta de los amigos. ¿Pero a qué juego juegas? ¿A dónde vas a llegar con todo esto? ¿Crees que Rosario no se enterará de que Laura está embarazada? ¿O que la misma Laura no te pedirá que cumplas con tu deber y te cases con ella y te olvides de Rosario? ¡De Cholita pues ya ni te digo!, pobre mujer, ¡lo utilizada que se va a sentir!

—¡Espera! ¿Quién te ha dicho lo de Laura?

—Amigo, ¿no confías en mí? Ella también es mi amiga y me lo ha confesado.

—Hicimos un trato y prometimos siempre decirnos todo, aunque fuera lo más cruel, pero siempre todo.

—¡Y tú!, ¿qué es lo que crees que vas a hacer, flaco? ¡Está embarazada! ¿Así te vas a ir tan tranquilo con Rosario?

—¡No lo sé, Juan!, ¡no lo sé! Para mí también es una sorpresa.

—Para mí también. Pero de que está embarazada, lo está.

—Pero, ¡cómo es posible! Lo extraño es que se cuidaba con su periodo, así lo hacíamos, te lo juro. Algo falló. No lo sé, un descuido.

—Amigo. Sí, algo falló, pero el hecho es que lo está, como sea, pero está ¡embarazada!

—¡Sí, lo sé! Ya no tienes que repetirlo ni decirlo así tan vehementemente.

—Pues sí, ¡Me oíste!, lo está aun cuando lo hacían sin riesgo. Ahora mira, ¡tú! y ella se cuidaban.

—¿Qué tratas de decir, Juan? No entiendo.

—Sólo que es lo que es y ya.

El poeta se le quedó viendo al semblante rojo que había adquirido la piel blanca y pálida de su amigo, con la mirada se dijeron más que en todo un día de conversación. Sólo Acuña dijo en voz alta:

—¡No puede ser!

Apretando los puños salió corriendo con ojos brillosos hacia aquella vivienda paupérrima donde sucedía todo. Sí, a cuestionar a Laura.

—¡Oye!, ¡recuerda que quiero decirte algo! ¡Amigo! — lo vio alejarse mientras lo acompañaba con la mirada, un suspiro y un mordisco en el labio inferior.

No intentó ni por algún instante detenerlo, sembró la duda cual Dulcinea o serpiente del paraíso roto. Hecho estaba. El final estaba dado. La muerte.

Al instante se le vino a la mente el aroma de Laura, tenía que ir a verla. Sentía una necesidad de ir en su encuentro, sentía angustia, coraje e incertidumbre. No pudo verla después de hablar con Juan; tenía que estar con ella para darle tranquilidad a su alma y a su hombría.

Su angustia creció al recordar que debía ir a ver a Rosario. Lo comentado por Juan le martillaba la cabeza: *lo hacíamos con precaución, ¿entonces por qué está embarazada?* Pensó entonces, que mejor sería irse con Rosario, que segura ya tenía todo preparado para la partida.

Al día siguiente, antes de asearse, en el piso estaba una carta que parecía la habían introducido por debajo de la puerta. Todavía adormilado abrió el sobre y por la expresión y su sonrisa, la pesadilla del día anterior, se desvaneció cuando logró percibir el perfume de su Rosario y ver su amada letra en un recado que decía: <Manuel, ya es tiempo, es necesario que me encuentres donde siempre. Es urgente. Es necesario terminar con esto que me quema y me desvanece a cada instante mi alma. Ven, por favor, a la misma hora y en el mismo lugar. Rosario>

Acuña besó la carta y en ese momento se dispuso a preparar maletas. Ya todo estaba planeado y tenía que ir a comprar los boletos de la diligencia que los llevaría rumbo a su libertad y a su vida nueva.

Esperó en aquella banca en contra esquina del Teatro Nacional. Sentíase contrariado por lo que Juan de Dios le había sembrado sobre su Laura. Había tomado una decisión, de cualquier forma, y parecía que esa sería la mejor con su primer amor y amor de siempre, Rosario. Consideraba aún la posibilidad de ver a Laura y confirmar el rumor. Si fuese así, considerar la posibilidad de llegar a un acuerdo y darles todo el apoyo, claro, en cuanto pudiese hacerlo, a Laura y al hijo que aparentemente venía.

La vio venir con su andar de siempre, a su Rosario de siempre. Extrañamente llegaba sola, lo que se le hizo muy extraño. La chaperona nunca se le despegaba por órdenes de su madre. Sin embargo, su corazón se aceleraba cada que sentía sus pasos y veía cómo su andar cadencioso partía el viento en fragancias de libido y deseo.

Se acercó a recibirla tomándola de la mano para besarla. Ella se sentó rápidamente como si estuviera bajo presión de tiempo. No era novedad, pero ahora se le veía desencajada, ojerosa, como si hubiera llorado mucho.

—Mi hermosa, ¿estás enferma? No se te ve muy bien. Aun así, brilla tu belleza, déjame que te diga.

—¡Manuel!, deja eso. Estoy aquí con algo muy serio que no me ha dejado vivir en calma estos días y menos he podido descansar por llorar.

—¡Cómo!

—¡Sí!, ¡como lo oyes! ¿Sabes acaso por qué? ¿Te lo imaginas o sólo finges?

—Pero…

—¡Cómo pudiste! ¡Creí en ti!

—¡Mi alma!, no sé de lo que me hablas.

—¿Ah, no? ¡Lee tú mismo!

Tomó, todavía incrédulo por la actitud de su hermosa, desdoblando con incertidumbre y nerviosismo el papel ya bastante manipulado por la envidia, la mala voluntad y la mezquindad. O quizá por la justicia.

Con asombro y con la órbita de los ojos, ya de por si saltones, casi desubicada, leía y no sabía cómo iba a explicar todo ello. Caía en un fango del que era difícil salir. Antes de regresarle la carta a Rosario, percibió algo muy extraño. Su enojo, por tal carta de la cual imaginaba el autor, tuvo un sesgo de calma. Suspiró extrañamente, con alivio. Aunque le dolía, sentía el vuelco que su destino le había otorgado: su vida ahora se encontraba al lado de Laura y de su hijo. Eso le dio fortaleza, y con firmeza la vio a los ojos que aguantaban el llanto y dijo a su Rosario:

—Mi alma, eres el amor de mi vida, hoy vine con gusto porque creí que era la última cita aquí, antes de partir para mi tierra. Nunca imaginé esta infamia.

—¡Infamia!, ¡infamia! ¡Sólo que sea mentira! ¿Lo es? Quiero que me digas que es una mentira, Manuel.

—Me duele todo esto, pero…

—¡Dime si es mentira o no! —lo interrumpió casi a punto del llanto.

—Espera, por favor. No se trata de un simple sí o no. Merece una razón y una explicación. Creo que merezco ser escuchado después de tanto que he luchado por este amor.

—¡Qué forma tan extraña de luchar por un amor! ¡Con engaños! ¡Con mujerzuelas!

—Ten calma, Rosario, permíteme que te explique y después de eso ya no habrá nada más que decir, sólo lo que decidas.

Aquel gran poeta empezó a relatar brevemente cómo conoció a Laura y cómo se dio esa relación. En cuanto a Chole, la mucama, sólo dejó entrever una necesidad como hombre y por hambre.

—Así fue que sucedió, y a ti no te mentiré, jamás, a tus cuestionamientos. Es cierto que he mantenido una relación amorosa con Laura Méndez. Ni nosotros nos dimos cuenta cuando empezó todo. Ella sabía de ti y sabía que eres el amor de mi vida. Nos ocupábamos sólo de desahogar nuestras carencias económicas y afectivas. Cada que intentaba estar contigo y eran frustrados nuestros momentos por tu madre, o por mandato de ella, me desahogaba en ella. No la juzgues mal, ella tiene tantos problemas… quizá más que yo. Su economía, aguantar las coqueterías absurdas de un viejo como Prieto, sola y queriendo sobresalir en este mundo de hombres. Le será difícil, aunque sean hermosos sus poemas. Así fue, así lo vivimos, impetuosamente como desahogo donde nuestros cuerpos sólo se relajaban, expulsábamos todas nuestras frustraciones por nuestras necesidades.

—¿La amas?

—Espera, no creo que sea…

—¿La amas? —lo interrumpió nuevamente de forma muy vehemente.

—¡Sí! Creo que sí. Amo su diferencia en ti, sin ti no la amaría. La amo por ti.

—¡Ahora resulta que, por mí, la amas! ¡Qué desfachatez la tuya!

—Es verdad, sin ti no habría buscado lo diferente a ti, por eso la amo, amo de ella lo que tú no tienes. Y no lo tomes a mal, tú para mi eres casi perfecta, sólo que ella es diferente. Ella es resuelta y me daba tiempo, quizá eso es, amo el tiempo que me ha dado. Si fuese algo parecida a ti no hubiera pasado nada, porque como tú no hay. Después de ti, la nada sólo.

—¡Porque ella casquivana te entrega su virtud! ¡Qué esperabas, soy una señorita decente y veo que lo indecente te atrae! ¡Es más, en ese lodo te revuelcas porque eres igual de indecente!

—¡No, Rosario! No nos ofendamos. Si no está en ti el perdonarme, no nos digamos de más. Quiero guardar tu recuerdo de la anterior cita con tu imagen virginal y pura como la primera vez que te vi. Sé que no he sido el mejor hombre, pero tampoco soy tan diferente a los demás. Este mundo así nos hace y si quieres permanecer en él, tienes que ensuciar tu imagen con instintos primitivos y absurdos para que seas llamado "don". Ya comprendí que tienes que enlodarte o serás menos que hombre, el mundo del hombre es diferente al de ustedes, no es casto, puro, frágil, fiel; el nuestro es deprimente, osco, beligerante, rudo. Qué más prueba que la carta esta.

Pero el amor está ahí. Por eso te cuidaba, te protegía, y nunca quise mancharte con ni siquiera una insinuación baja. Porque tu representas ese otro mundo puro y celestial donde siempre para mi estarás. Yo, por lo pronto, elegí ese mundo subterráneo, oscuro, de las pasiones carnales, llenas de cuerpo y de deseos impuros. La pasión mala sólo el instinto te la seduce. El amor sutil se destruye con el más bajo deseo: la carne.

—No puedo perdonarte y menos ahora que tengo encima a mi madre. ¿Sabes lo que es soportarla? ¡Le has dado motivos! ¡No puedo perdonarte! No ahora. No mañana. No siempre. Mientras te ame difícil será. El perdón llega cuando el amor se va.

—Esperaré entonces el perdón con el olvido. Por otra parte, quiero decirte lo que agradezco infinitamente: el no insistir en *algo*. Sé que quizá por ello es que se te hace más difícil perdonarme y la respuesta es: ¡no lo sé!, creo que tendré un hijo con Laura. Me lo dijo Juan, pero no he hablado con ella. Algo sucedió que no me explico todavía.

—¡Caray, un hombre tan inteligente como tú! ¿No sabe cómo se hace un niño? ¡Por Dios de mi vida!

—No es eso. No quiero dar detalles para no ofenderte más. Amor de mi vida, este dolor quizá está siendo como un tormento y castigo por lo que te he hecho. Tendré que asumir mi responsabilidad y cargar con esta pena. También, si es el caso, me haré responsable de una criatura que no tiene culpa de la inmundicia humana. Perdona por siempre. Por siempre serás mi Rosario.

Rosario se levantó con lágrimas en los ojos, le dio las cartas que Manuel le había dado con los fragmentos del poema que él le había escrito. "Nocturno".

Acuña dobló las cartas y se las guardó en su chaquetín negro y brilloso por el uso. Con la mirada en lontananza y con sus ojos más desorbitados que de costumbre, se dirigió rumbo a casa de Laura.

A pesar del dolor, en su alma había una especie de resignación. Lamentaba la pérdida de su amada, pero sabía que tenía a alguien más a quien también amaba y deseaba con mucha fuerza. Eso le dio fortaleza y de su andar lento y pausado apresuró con paso firme para llegar a su destino. El tiempo le dio la oportunidad y decidió por él. Así lo pensaba. Antes de llegar a la casa de Laura, vio a lo lejos salir a Prieto. Le dejó un presentimiento no muy grato que le orilló a elucubrar situaciones hipotéticas de desconfianza. Le hizo reaccionar el hecho.

—¡Qué hacia ese señor aquí, Laura!

—¡Manuel, cálmate! ¡De pronto te apareces y con una actitud agresiva!

—Perdón, pero sabes que la sola presencia de ese hombre que me ha agredido desde siempre me revuelve la inanición.

—¡Pues qué esperabas, sin él mi inanición no desaparecería! Bien sabes que sin su ayuda en el Instituto y en el comedor se me haría muy difícil la estancia.

—¿A qué precio?

—¡Al precio de mi supervivencia y mi futuro, Manuel!

—¡Espera! ¿Qué quieres decir sobre tu futuro? ¿Qué te ha prometido? O debo preguntar, ¿qué es lo que le das a cambio?

—Pero, ¡tú qué me puedes reclamar! ¡Tienes ya un futuro con Rosario! Ya me enteré que te vas a ir con ella a tu tierra, entonces te dará lo mismo lo que haga con mi vida y con quién. Creías que no lo sabía. Aun así, seguías viéndote conmigo y entregándote como si nunca me fueses a dejar. Sí, lo sé, no puedo reclamarte eso porque bien claro lo dijimos al inicio de esta locura, yo sabía de tu relación y tu amor por Rosario, sólo que es difícil cuando el amor llega y tu sentido de pertenencia te desubica y te vuelve egoísta y controladora. Pero te veía tan emocionado con ella que no pude luchar contra eso, me he entregado a ti por ese profundo amor y admiración que te tengo, pero también sé que es efímero y tengo que buscar mi porvenir.

"Quiero ser escritora y tú bien lo sabes. Contigo he aprendido mucho y te agradezco. Eso me queda de ti. Sé que no puedo pedirte más".

—¡Laura, quiero estar contigo por siempre! ¡Te amo, eres mi pasión y mis pensamientos! Quiero ofrecerte lo que soy y seré por siempre. No quiero terminar con lo nuestro que empezó como una hermosa aventura y que se convirtió en mí en una dulce experiencia de vida.

—¡Ja! ¿De verdad me crees tan ingenua o tonta? ¿Crees que no sé todo lo que haces y lo que tramas?

—¡El boca floja de Juanito!

—¡No! Es cierto que Juan me dijo de tu huida con Rosario desde hace un tiempo. Ya lo sabía. Desde ese momento dejé de hacerme ilusiones porque empezaba a crearme un futuro contigo. Qué bueno que no lo hice, y gracias a Juan.

—Yo creí que era realmente mi amigo. Veo que es todo un oportunista.

—Creo que es algo más, pero eso le toca a él decirlo.

—¡Valiente amigo! Pero si ya lo sabías por qué no me lo dijiste. Además, debo decirte que ya no lo haré, ya no me iré con Rosario, mejor aún, nos hemos despedido para siempre. Te lo juro por mi madre. Por eso vine a buscarte y a hablar contigo de lo nuestro, de…

—Oye, nuevamente con tu desfachatez. Eso no es todo lo que sé. Me enteraron que ya Rosario y su familia supieron de lo nuestro y que te pedirán que no vuelvas más por ahí. Que incluso la misma niña hermosa está decepcionada de ti. Por tus mentiras. Lo siento mucho, te lo digo con el alma, yo te aceptaba como eres y con tu relación con Rosario, en el fondo, como ya te dije, sí guardaba la esperanza de que te quedaras conmigo, pero cuando supe de tu huida, renuncié a ello y tomé otro camino.

—No pudo haber sido Juan, seguro fue ese hombre, Prieto, quien te dijo eso. Y por si tú no estás enterada, él fue el que le llevó todos los pormenores de lo nuestro a Rosario y a su madre.

—Debe ser. Nunca fuiste santo de su devoción.

—¡Todavía lo defiendes!, ¿pues de qué lado estas? Es un viejo que sólo quiere exprimir tu juventud y quiere deshacerse de mí para tener un camino libre contigo.

—Eso era obvio, y yo lo acepté, ya te dije por qué.

—¡No puedo creer que me digas eso! ¡Cómo puedes hacerme esto! ¡Te vendes por comida o por unas cuantas líneas que te conseguirá en algún diario!

—¡No me ofendas, Manuel!

—Y qué quieres que diga. ¡Nunca te mentí!, y tú, cómo pudiste permitir que yo recibiera tus besos y tu sudor cuando ya lo habías contaminado con los de un viejo decrepito. ¡Como una...!

—¡Cuidado con lo que vas a decir, Manuel!

—Qué quieres que te diga entonces, cuando me estás diciendo que te entregabas a ese hombre. ¡Te vendiste por dinero!, ¡te vendes pudriendo tu alma por nada! ¡Te vendiste!

—¡Vete de aquí, Manuel! ¡Vete!

—¡No lo haré! ¡Perdóname! Mira, vamos a calmarnos, tenemos que ver el futuro. Me dijo Juan, para no variar, que estás embarazada y sé responder como hombre. Te quiero y no dejaré que ese niño nazca sin padre.

—¡Vete de aquí! Déjame decirte que te libero de tu responsabilidad, no necesitas obligarte y atarte, no soy la que recoges después de tu fracaso, ya no más, la que servía de desahogo por tu frustrado amor con Rosario. Lo acepté, sí, porque te necesitaba, en el fondo deseaba que te dieras cuenta de mi amor desinteresado por ti, ¡quería que te dieras cuenta de que el amor por Rosario sólo era una ilusión! ¡Yo soy real, eso nunca lo viste! Tu egoísmo nunca te dejó verme como una verdad de tu vida. Mejor vete.

—¡Ah bien! ¡son mejores los centavos que un humilde y pobre literato! ¡Ya hablas como él! Y ahora, ¿me quieres culpar? Pues no sé de quién es la culpa. Olvidas que también a mí me buscaste no sólo por mi escuálida cara, ¿has olvidado las tardes y las noches que ocupamos para enseñarte a escribir un poema? ¿De tu estilo? ¡Ah! ¡Sin olvidar que por mí se te abrieron algunas puertas para mostrar lo que escribiste! ¡O debo decir, que escribí para ti! Pero estoy dispuesto a que olvidemos todo lo que lastima, y propongo que lo nuestro lo hagamos como Dios manda: sin ocultarnos y más aún que viene ese hijo que merece todo cuanto soy.

—¡Cómo puedes decir eso! Es ruin. Entonces lo ruin con lo ruin. Déjame decirte, ya que lo mencionas, sí, estoy embarazada, pero… ¿quién te ha dicho que este hijo que espero es tuyo?

LA MUERTE ESTÁ DECLARADA

—¡Quién te ha dicho que ese hijo es tuyo!

Manuel Acuña ahí se quedó, vacío, solo y sin nada. La pasión de Laura, su Laura, se había derrumbado en ese triste instante. La mujer que lo había mantenido con vida, apasionado, feliz, con aspiraciones, amado, satisfecho, se le había ido. Sintió una traición como consecuencia de la suya... a las tres.

La verdad oculta

Me quedé en el asombro al ver cómo Manuel Acuña, al verse a sí mismo, su final, mostraba una sonrisa halagadora.

—¿Qué pasa, Manuel, por qué sonríes?

Sólo exclamó:

—¡No fui yo! Gracias, mi Señor, estoy en tus manos.

Eso fue todo, mi estimado Samuel. ¿Miró al cielo aquel hombre fantasma? No lo sé. Se esfumo en el viento y terminó su historia.

Mientras tanto, yo me pregunté: ¿cuál fue mi papel en toda esta incredulidad? Si bien es cierto que me salvó de cometer un acto terrible, no estoy cierto aún de cuál es mi destino, ni aquí en el tiempo de Acuña ni en el tuyo. Ya no sé a dónde pertenezco. Pero, si el destino o Dios me dio la oportunidad de viajar en el tiempo, debe ser aquí, en tiempos poéticos, donde quizá encuentre mi razón de ser.

Sólo me queda dejarte este relato, que es increíble y que, de cierto sólo tiene lo que tú y yo creemos. "Nocturno a

Rosario, carta póstuma antes de suicidarse el poeta Manuel Acuña". En eso se quiso centrar el terrible suceso. No se pretendió evidenciar qué hubo más allá de ese amor imposible. ¿Acaso una cotidianidad que desapareció con el morbo? Resultaba más atrayente una historia de amor que termina trágicamente, lo oculto de la vida intensa de Acuña, se puede suponer, pero la verdad quedó enterrada con él en el humilde Panteón del Campo Florido de esta gran y enigmática ciudad.

Para un pequeño grupo, el más cercano al poeta, la obviedad de una endeble relación con Rosario era bien sabida; así como la intensa y promiscua pasión que vivió con Laura Méndez. Claro, sin olvidar que hubo otra mujer, despechada, supongo, la amble y dispuesta Cholita, la mucama. La vida de un joven, porque era eso, además de un gran poeta creador del mejor poema del siglo XIX, un joven como muchos, con proyectos, pasiones, equivocaciones, tribulaciones. Lleno de confusiones y presiones por la vida literaria intensa del momento donde tenía que cargar con esa responsabilidad a los de 24 años, sustentar la imagen de un gran poeta, todo lo que escribiere tendría que ser sublime y bello. ¡Qué carga! Provocó envidias profesionales y pasionales, queriendo o no. Es parte de la inmadurez, quererlo todo e ir a todo sin mesura. En su tiempo, eso fue un gran pecado.

¿Qué habría detrás de la pasión de ese poeta? Pero... como te dije antes, la verdad es nuestra verdad. Eso, amigo, para mi es suficiente. Me despido, mi querido escritor, y suerte con lo acontecido.

Arcángel

¿Y yo, cómo quedé? Narré lo inverosímil, me inmiscuí en las huestes del deseo indecente y de la pasión impía y perversa que el instinto provoca. Ahí pues, el relato de una muerte inesperada de un historia pasional e inacabada.

Nocturno a Rosario

¡Pues bien!, yo necesito
decirte que te adoro,
decirte que te quiero
con todo el corazón;
que es mucho lo que sufro,
que es mucho lo que lloro,
que ya no puedo tanto,
y al grito que te imploro,
te imploro y te hablo en nombre
de mi última ilusión.

Yo quiero que tú sepas
que ya hace muchos días
estoy enfermo y pálido
de tanto no dormir;
que ya se han muerto todas
las esperanzas mías;
que están mis noches negras,
tan negras y sombrías,
que ya no sé ni dónde
se alzaba el porvenir.

De noche, cuando pongo
mis sienes en la almohada
y hacia otro mundo quiero
mi espíritu volver,

camino mucho, mucho
y al fin de la jornada,
las formas de mi madre
se pierden en la nada,
y tú de nuevo vuelves
en mi alma a aparecer.

Comprendo que tus besos
jamás han de ser míos;
comprendo que en tus ojos
no me he de ver jamás;
y te amo, y en mis locos
y ardientes desvaríos,
bendigo tus desdenes,
adoro tus desvíos,
y en vez de amarte menos
te quiero mucho más.

A veces pienso en darte
mi eterna despedida,
borrarte en mis recuerdos
y huir de esta pasión;
mas si es en vano todo
y el alma no te olvida,
¡qué quieres tú que yo haga
pedazo de mi vida;
qué quieres tú que yo haga
con este corazón!
Y luego que ya estaba
concluido el santuario,

tu lámpara encendida
tu velo en el altar,
el sol de la mañana
detrás del campanario,
chispeando las antorchas,
humeando el incensario,
y abierta allá a lo lejos
la puerta del hogar...

¡Qué hermoso hubiera sido
vivir bajo aquel techo,
los dos unidos siempre
y amándonos los dos;
tú siempre enamorada,
yo siempre satisfecho,
los dos, una sola alma,
los dos, un solo pecho,
y en medio de nosotros
mi madre como un Dios!!

¡Figúrate qué hermosas
las horas de la vida!
¡Qué dulce y bello el viaje
por una tierra así!!
Y yo soñaba en eso,
mi santa prometida,
y al delirar en eso
con alma estremecida,
pensaba yo en ser bueno
por ti, no más por ti.

Bien sabe Dios que ese era
mi más hermoso sueño,
mi afán y mi esperanza,
mi dicha y mi placer;
¡bien sabe Dios que en nada
cifraba yo mi empeño,
sino en amarte mucho
en el hogar risueño
que me envolvió en sus besos
cuando me vio nacer!!

Esa era mi esperanza...
más ya que a sus fulgores
se opone el hondo abismo
que existe entre los dos,
¡adiós por la vez última,
amor de mis amores;
la luz de mis tinieblas,
la esencia de mis flores,
mi lira de poeta,
mi juventud, adiós!

Manuel Acuña

Laura Méndez Letfort se convirtió en Laura Cuenca o Laura Méndez de Cuenca después de la muerte de su hijo casi recién nacido.

Quedó en la pobreza extrema después de la muerte de Acuña y los "apoyos" que recibía se esfumaron desde que se supo de su embarazo. Por las consecuencias de esa pobreza, su hijo no puedo resistir y murió; siendo enterrado al lado del Poeta en el Panteón del Campo Florido, en lo que hoy se conoce como Colonia Doctores de la Ciudad de México.

Laura no podía quedarse como una mujer casquivana y de "cascos ligeros", así que Agustín, siempre enamorado de ella, le ofreció su apellido y un matrimonio que nadie reprochó, pero que tampoco fue bien visto. La mujer de Acuña se casa con su mejor amigo, Agustín Cuenca, que también murió joven. Esa sociedad con su moral a modo recriminó el hecho. Por otra parte, el mundo literario la castigó siempre, tanto que hoy en día no se conoce en gran parte del país ni de ella ni de su obra.

Laura Méndez, por conducto de Agustín, consiguió el apoyo que necesitaba y se hizo poeta y escritora — conocida después en el mundo de las letras como Laura Méndez de Cuenca. No se volvió a casar y se convirtió en defensora de los derechos de las mujeres.

Agustín F. Cuenca nació en 1850 en la Ciudad de México y muere por enfermedad a los treinta y cuatro años (1884).

Joven, también deja el mundo de las letras y a su amada Laura, de la que siempre estuvo enamorado, pero Manuel Acuña era su gran y difícil obstáculo.

Juan de Dios nació en 1852 y muere en 1910. Se realizó también como un gran literato, nunca se casó.

Años después de la muerte de Acuña también se hizo político, diputado. Al vérsele muy a menudo con Don Ignacio Ramírez, el Nigromante, que era ya un consagrado literato y político.

Manuel María Flores (1840-1885) murió también joven a consecuencia de una enfermedad, sífilis, que al parecer le fue contagiada por una prostituta en tiempos de guerra. Sus poemas son de una belleza singular, aunque no han sido reconocidos por la historia.

De Soledad (Cholita) no se supo más, aunque por mucho tiempo la tumba de Manuel Acuña en el Panteón del Campo Florido en la Ciudad de México, se adornó con flores que nadie supo de dónde venían. Se veía constantemente a una mujer que no era de las características físicas precisamente de Rosario y mucho menos de Laura.

Aun cuando los compañeros de la Escuela de Medicina de Acuña dudaron del suicidio, ninguna autoridad de ese tiempo tuvo la más mínima intención de investigarlo.

Rosario de la Peña nunca se casó, siempre negó su relación con Acuña. Nunca lo perdonó,

Yo dejo esta historia como me la entregaron y como la viví. Las pruebas será mejor dejarlas enterradas, que el universo siga su rumbo y siga enriqueciéndose con la incertidumbre y con el mundo de lo ficticio. ¿Por qué? Porque dudamos qué es lo real y qué es lo aparente.

www.ingramcontent.com/pod-product-compliance
Lightning Source LLC
Chambersburg PA
CBHW071152260626
47162CB00003B/1020